Für meine Eltern, in liebevoller Erinnerung

Bibliografische Information der Deutschen Nationalbibliothek:
Die Deutsche Nationalbibliothek verzeichnet diese Publikation in der Deutschen Nationalbibliografie; detaillierte bibliografische Daten sind im Internet über http://dnb.dnb.de abrufbar.

© 2016 Stephan Weidt

Herstellung und Verlag: BoD – Books on Demand, Norderstedt

ISBN: 978-3-7431-3853-7

Stephan Weidt

Das neue Zimmer

Eine Erzählung

Ich war mittags aus der Schule gekommen und wollte, bevor das Essen auf dem Tisch stand, noch ein, zwei Stücke spielen.

Das Klavier, das meine Eltern mir kurz nach unserem Einzug in das Haus gekauft hatten, stand im „neuen Zimmer". „Neu" war das Zimmer, weil es in den letzten Monaten angebaut worden war. Die darunter befindliche Garage hatte es bereits gegeben, und ich weiß nicht mehr, ob der Anbau von Anfang an geplant gewesen war. Jedenfalls kam, falls das zutrifft, dieser Plan erst anderthalb Jahre nach unserem Einzug zur Ausführung.

Das Haus war, wenn meine Eltern die Wahrheit sagten, nach wenigen Jahren abbezahlt. Im Dorf, an dessen Rand es stand, galten wir als reich, aber heute kann ich mit Bestimmtheit sagen, dass das zumindest damals nicht zutraf (wir hatten zum Beispiel keine Hausangestellten). Meine Großeltern hatten meinen Eltern zu ihren Lebzeiten lediglich das Grundstück vermacht. In der Hauptsache entstanden die Gerüchte um den Reichtum unserer Familie wohl deshalb, weil das Unternehmen meines Vaters florierte. Die 50er Jahre waren ein Jahrzehnt emsiger Flächenversiegelung, und folglich standen Pflastersteine für Einfahrten und Gartenwege hoch im Kurs. Die Horizont-GmbH baute die Maschinen, die es zur Herstellung solcher Pflastersteine brauchte.

Das „neue Zimmer" war nicht nur deshalb „neu", weil es später als der Rest des Hauses erbaut und eingerichtet worden war, neu war es noch in einem anderen Sinn, und der enthüllte sich im Laufe der Jahre dadurch, dass es seinen Namen beibehielt: Es blieb das „neue Zimmer", und ich lernte immer besser zu verstehen, dass „neu" eine Qualität war, die sich nicht abnutzte, sich im Gegenteil über die Jahre dem Gegenstand, der mit diesem Attribut bezeichnet wurde, immer tiefer einprägte, so dass man sagen konnte, dass das Zimmer seiner Bezeichnung immer mehr gerecht wurde. Es wurde nicht älter (oder höchstens im kalendarischen Sinn), es wurde im Gegenteil immer neuer, und ich, Junge von 10 Jahren, hatte das schnell begriffen, und mein Bestreben ging dahin, es – und ich wusste nicht, wann das geschafft sein würde – ganz und gar zu dem zu machen, was es dem Namen nach bereits war.

Meine Eltern hatten das Zimmer mit einer goldfarbenen Polstergarnitur eingerichtet. An den crèmefarben tapezierten Wänden hingen Ölgemälde mit romantischen Motiven: die Zigeunerin, der Kellergeist, der Jägersmann mit langstieliger Pfeife. Mein Großvater väterlicherseits hatte uns diese Bilder hinterlassen, und ich nehme an, es hätte ihn mit Stolz erfüllt, sie in diesem besonderen Raum hängen zu sehen. Besonders – abgesondert – war der Raum, weil er den am weitesten von der Haustür entfernt liegenden Punkt markierte. Vor allem aber sonderte ihn ein Merkmal ab, das er mit keinem anderen Zimmer im Haus gemeinsam hatte: Er wurde nicht bewohnt. In ihm fand kein Leben statt. Die kostbaren Sessel brauchten keine Schoner, denn es saß nie jemand darin. Diesen einen Raum gab es – „einen Raum wenigstens im Haus", sagte meine Mutter -, diesen einen Raum, in dem sie nicht „ständig hinter uns herräumen" musste, und das Sensationelle, das Einzigartige daran hatte ich sofort begriffen, man musste es mir nicht erklären. Ich stand manchmal an der Schwelle zu diesem Zimmer und ließ den Blick über die Polstermöbel gleiten, und ich wusste, dass diese Art der Berührung die einzige war, die die „Neuheit" des „neuen Zimmers" unangetastet ließ.

Dann – eines Tages – wagte ich schüchtern die Frage, ob man nicht mein Klavier dort hinein stellen könne. Es hatte bis dahin im Wohnzimmer gestanden, links von der Küche (man konnte auch vom Entrée – einem annähernd quadratischen, mit Marmor ausgelegten Vorraum, von dem Türen in alle bewohnten Bereiche des Erdgeschosses abgingen – direkt dorthin gelangen). Anders als ich erwartet hatte, waren meine Eltern begeistert. Sie fanden nicht die Worte, um zu begründen, warum ihnen die Idee sofort einleuchtete, und das mussten sie auch nicht: Niemals hatte ich mich ihnen so nahe gefühlt, es war ein Moment des…ja, man könnte es so nennen, wenn es nicht ein so sehr antiquierter Ausdruck wäre (aber was kann ich dafür, dass die Sprache verarmt)…des Gleichklangs der Seelen. Hoch und heilig versprach ich, das

Zimmer nur zu betreten, wenn ich Klavier spielen wollte, und ich versprach sogar, zum Klavier den immer selben Weg zurückzulegen (damit das Zimmer, dachte ich im Stillen, nur ja nicht den Eindruck gewönne, ich dringe in es ein). Meine Eltern quittierten diese altklugen, pathetischen Schwüre mit einem Lächeln, ich hatte sogar den Eindruck, dass sie mich nicht ernstnahmen. Aber sie würden sich wundern.

Die Klavierträger kamen. Sie waren beide kräftig, der eine dick, der andere dünn, und sie trugen die gleichen blauen Hosenanzüge, wie ich sie an den Arbeitern in der Fabrik meines Vaters gesehen hatte, als er mich – ein paar Monate war das her – einmal mitgenommen hatte, um mir alles zu zeigen: die langen grauen Flure, von denen die Türen zu den Büros abgingen, die Werkshallen mit den Maschinen, dem Geruch nach Eisen und dem Funkenflug der Schweißgeräte. Was mich dort als Teil eines ohnehin fremden Gesamtbildes fasziniert hatte, kam mir in dieser Umgebung mit dem Parkettboden und den Eichenmöbeln seltsam vor. Der Dicke reagierte mit einem Blick, gemischt aus Skepsis und Geringschätzung, als mein Vater erklärte, es gehe darum, das Klavier in ein anderes Zimmer zu tragen, zuckte dann die Achseln und hakte seine Gurte ein, der Dünnere hatte währenddessen keine Miene verzogen.

Würden die Männer begreifen, dass das neue Zimmer kapriziös wie ein junges Mädchen auf das Eindringen ihrer plumpen, schweren, verschwitzten Körper reagieren musste? Die Männer hoben das

Instrument auf ein Brett mit vier Rollen, und mit klopfendem Herzen stolperte ich mehr als ich ging hinter ihnen her und hielt den Atem an, als sie daran gingen, den schweren Holzkasten durch die schmale Türöffnung zu manövrieren. Hätte ich doch um alles in der Welt das Klavier selbst schieben können! Ich war drauf und dran, meinen Vater zu bitten, ja ihn anzuflehen, er möchte die Männer anweisen, das Klavier zurückzutragen, es an seinem alten Ort zu belassen.

Es war zu spät. Dreiviertel des riesigen Kastens waren schon durch die Tür, und eben verschwanden die letzten Zentimeter zwischen den Rahmen, als der Dicke aufschrie. Er taumelte und beugte sich mit schmerzverzerrtem Gesicht vornüber. Die Finger seiner Hand liefen im Nu blau an, meine Mutter, die sich irgendwo – vielleicht in der Küche – aufgehalten hatte, eilte herbei, blieb beim Anblick der Verletzung ruhig und kam zwei Minuten später mit einem Verbandskasten und einer Tüte, gefüllt mit Eiswürfeln, zurück. Mein Vater telefonierte, ich verstand aber nichts von dem, was er sagte.

Und ich?

Ich hätte mir Kummer und Schmerz erspart, wenn ich es zugelassen hätte, dass die Eindrücke auf mich einprallten. Ich hätte mich für Augenblicke nicht mehr von den Eindrücken unterscheiden können, getreu dem Motto, dass man sich mit einem Gegner verbünden soll, den man nicht überwinden kann, und durch diese chemische Verbindung wäre ich vielleicht als ein anderer aus der Situation herausgekommen, als ich hineingeraten war, aber ganz sicher hätte ich meine Energie nicht auf einen nutzlosen Abwehrkampf (ein Lieblingswort meines Vaters) verschwendet. Denn so war es: Ich wehrte mich. Ich baute in mir sekundenschnell einen Wall auf, hinter den ich mich zurückzog. Ich weigerte mich strikt, mich mit den Eindrücken zu verbünden: der Wirklichkeit dieser schwitzenden Panik, mit der der Arbeiter, vor Schmerz stöhnend, mit dem Fuß aufstampfte, der Wirklichkeit seines verzerrten Gesichts. Ich fand alles furchtbar – am meisten aber den Lärm! Sein Kollege, auf der anderen Seite der Tür, unserem Blick entzogen, brüllte polternd irgendwelche Unsinnigkeiten, die nur Ausdruck seiner Hilflosigkeit waren, mir aber wehtaten wie persönliche Verletzungen. Begriff dieser Dummkopf denn nicht, dass die Neuheit des neuen Zimmers solches Poltern, Brüllen und Fluchen nicht vertrug? Oh Gott, was würde das anrichten? Ich hätte vor Wut weinen mögen. Das Zimmer war hilflos, schutzlos, und konnte seine Neuheit nicht verteidigen, aber ich, ich war nicht wehrlos, ich klatschte Mörtel in die Risse meines Schutzwalls, und ich spürte, dass ich es schaffte, in mir einen Raum freizuhalten – an des Zimmers statt freizuhalten –, in den die Eindrücke nicht eindrangen, in dem alles neu blieb, und diese Neuheit vermischte sich mit der des Zimmers und sie wurden eins.

Unterdessen hatte meine Mutter dem Klavierträger einen Verband angelegt, und mein Vater erbot sich, den verletzten Mann ins zwanzig Kilometer entfernte Krankenhaus zu bringen. Das wollte der aber nicht. „Sie können mich nachhause bringen", sagte er und nannte eine Adresse im Nachbardorf. „Wie Sie meinen", sagte mein Vater. Und teilte mit, dass „Ersatz" bereits auf dem Weg hierher sei.

Tatsächlich traf, während mein Vater noch unterwegs war, der „Ersatz" ein: ein mächtiger Kerl, der sich missmutig die Lage besah, dem noch immer hinter dem Klavierkasten verborgenen Kollegen einen Gruß zurief, ein paar Scherzworte im breitesten Platt hinterherschickte, demonstrativ in die Hände spuckte und bis drei zählte, bevor er den Kasten, der ihm an Mächtigkeit ebenbürtig war, durch die Öffnung schob. Kaum drei Minuten später stand das Klavier an dem Ort, den wir dafür bestimmt hatten: wenn man den Raum betrat, gleich rechts hinter der Tür. Zweierlei zeichnete diesen Standort aus: Öffnete man die Tür, sah man das Instrument gar nicht, da es sich hinter der Tür verbarg. Und: Der Weg, den ich von der Schwelle zum Klavier zurücklegen musste, war der kürzestmögliche, sieht man davon ab, dass ich um die geöffnete Tür herum gehen musste, um zu meinem gepolsterten Hocker zu gelangen. In den folgenden Monaten gewöhnte ich es mir an, den immergleichen Weg zu gehen, es war eine Verpflichtung, die ich dem neuen Zimmer gegenüber eingegangen war und von der ich niemandem erzählte. Möglich wurde das, weil der Boden mit einem gewürfelt gemusterten Parkett ausgelegt war. Ich war sehr genau darin, die Quadrate auf immer der gleichen Linie diagonal zu durchwandern, wobei ich den Atem anhielt, um die Sessel, den schweren Eichentisch, die Teppiche und die Bilder in ihrem Schlaf, ihrer Unberührtheit nicht zu stören. Saß ich einmal auf dem Hocker, war das etwas anderes: Der Klang des Klaviers durfte und sollte wecken, was in ihnen war, und die kreatürlichen Geräusche, die ein Mensch selbst noch im höchsten aller geistigen Höhenflüge von sich gibt, spielten keine Rolle mehr. Hätte ich damals den Ausspruch John Cages über das Verhältnis von Kunst und Leben gekannt, hätte ich darüber nur den Kopf schütteln können. Cage sagt: „In meinem Haus hört man die Schiffe, die Verkehrsgeräusche, die Nachbarn zanken, die Kinder im Flur spielen und kreischen und obendrein quietschen die Pedale des Klaviers." Und er schlussfolgert: „Vor dem Leben gibt es kein Entkommen." Sicher hätte mich die Prominenz dessen, der da spricht, einen Moment irritiert. Aber dann wäre ich doch zu dem Schluss gekommen, dass der Mann es offenbar versäumt hatte, sich eine Umgebung zu schaffen, die die Kunst vor dem Leben *schützte*. Atemgeräusche jedenfalls, Magenknurren oder ein – eigentlich unverzeihliches – Gähnen waren als Ausdruck grober Körperlichkeit dazu verurteilt, am Boden zu bleiben, aus der Höhe einer Beethoven-Sonate betrachtet, schrumpften sie zu einem Nichts.

Beethoven: Ich kannte seine Musik nur von Partituren. Wir besaßen keine Schallplatten, und nirgendwo im Dorf – oder den benachbarten Dörfern – gab es eine Möglichkeit, seine Musik im Konzert zu erleben. Sieht man von Auftritten des Posaunenchors ab, dessen fanfarenartige Klänge mal hier, mal dort im Ort erschollen, wenn ein Gemeindemitglied einen hohen Geburtstag feierte, gab es in der Welt meiner Kindheit keine Konzerte. Nur einmal hatte ich im Radio die 5. Sinfonie gehört, in der damals populären Sendung *Herr Sanders öffnet seinen Schallplattenschrank*, und das hatte eine Leidenschaft entfacht, die mein Leben prägen sollte.

Wie gut ich mich an den Moment erinnere, als ich zum ersten Mal auf dem Hocker vor dem Klavier saß, in meinem Rücken die goldfarbenen Polstersessel, die Teppiche, die Bilder meines Großvaters, unter meinen Füßen das Parkett, das dem Raum neben allem anderen, was ihn auszeichnete, die Aura eines Musizierzimmers in einem Schloss verlieh.

Ich hatte den Klavierdeckel hochgeklappt. Oberhalb der Notenablage wies ein angeschraubtes, emailliertes Schild die Herkunft des Klaviers aus: „Adolf Lehmann & Co. Berlin - Kaiserl. Persische u. Fürstl. Lippische Hoflieferanten", und das hat mich immer in Tagträumereien versetzt. Ich stellte mir zum Beispiel vor, wie der Orientexpress das Klavier in einem Güterwaggon zunächst nach Konstantinopel transportierte (dass er keine Güterwaggons haben könnte, kam mir nicht in den Sinn), bewacht von einem hauptamtlichen Klavierlieferanten mit Monokel und Kaiser-Wilhelm-Bart und seinen beiden Klavierträgern, ungeschlachten Gesellen, denen ich natürlich das Aussehen der beiden Arbeiter aus der Fabrik meines Vaters gegeben hatte, dick der eine, dünn der andere, und in meinem Tagtraum berlinerten beide auf anmaßende und herausfordernde Weise, ja, und jenseits der östlichen Grenze des Kontinents wurde das Klavier dann eingeschifft.

In der Ecke, wo es bisher gestanden hatte, war es dunkel gewesen, Sträucher und Koniferen, die die dem Wohnzimmer vorgelagerte Terrasse säumten, hatten kaum Licht durchgelassen. Jetzt hingegen fiel, wenn die Tür geschlossen war, von rechts durch große Fenster das Licht der Nachmittagssonne auf das Notenblatt vor mir und verlieh dem nussbaumartigen Lack, mit dem der Restaurateur das Holz des Klaviers überzogen hatte, einen sanften Schimmer. In meiner Vorstellung saßen all die Schüler, die zuvor darauf gespielt hatten, in demselben Zimmer, in dem ich jetzt saß und das in Wahrheit – und ich scheute mich, als ich älter wurde, nicht, das in so pathetischen Worten zu denken – ein Raum der Ewigkeit war. Der zehnjährige Junge konnte das nicht denken, aber dass es eine Qualität der Neuheit des Raumes war, keinen Veränderungen unterworfen zu sein, spürte er deutlich. Wenn sich hier etwas verändern durfte, dann nur die Fähigkeit des Schülers, die Klavierwerke der von ihm bewunderten Komponisten zu interpretieren. Und: der Boden, und zwar auf der Diagonale, die zunächst ich, ein paar Tage nach dem Umzug des Klaviers dann aber auch der Klavierlehrer zu durchwandern hatte.

Vom Moment an, da ich, ohne jemandem davon zu erzählen, die Verpflichtung eingegangen war, die Quadrate des Parketts auf immer der gleichen Linie zu durchwandern und meinen Fuß niemals auf den Boden rechts oder links dieser Linie zu setzen, hatte es sich für mich nicht mehr um eine Möglichkeit gehandelt, sondern um ein Gebot.

Das bekam auch mein Klavierlehrer zu spüren. Herr Holtinger war ein sanftmütiger Mensch, der hart auf die 60 zuging. Heute ist mir klar, dass es der Krieg gewesen war, der diesen Mann so verschreckt hatte.

Ich jedenfalls bin ihm zu Dank verpflichtet, denn hätte er nicht diese Furcht, diese Schüchternheit an den Tag gelegt, ich hätte vielleicht opponiert. Seine Zurückhaltung ließ mir den Raum, den ich brauchte, um meiner Spielfreude die Zügel schießen zu lassen, und es lag mir fern, seine Schwäche auszunutzen. „Wären", sagte er eines Tages zu mir, „alle Schüler wie du, dann wäre das der Himmel auf Erden." Er verzog das Gesicht, das mit seinen faltigen, hängenden Wangen an einen altersmüden Rassehund denken ließ, zu einem großen Seufzer, und sein Rücken beugte sich unter der Last dieses Gedankens noch ein bisschen mehr, denn vorläufig würden der Himmel oben und die Erde unten bleiben.

Holtinger war nicht der Mann, seinem Erstaunen lauthals Ausdruck zu verleihen, vielmehr starrte er mich wohl eine halbe Minute lang schweigend aus seinen braunen, traurigen Augen an, nur um dann in seinem klagenden Ton, den er immer anschlug, wenn er das Leben als ungerecht empfand, zu fragen: „Was soll das?" Er wand sich förmlich unter dieser neuen Belastung, und der Tonfall und die sich unter der ungewohnten Herausforderung wegduckende und wegwindende Bewegung des knochigen Körpers fügten die unausgesprochene Frage hinzu: Kannst du mir um Himmels willen den totalen Gesichtsverlust ersparen, indem du mir dein Verhalten wenigstens ein bisschen verständlich machst?

Ich hatte ihn gebeten, künftig den kürzestmöglichen Weg von der Tür zum Klavier zurückzulegen, nämlich jenen, der die Quadrate des Parketts in der Diagonalen durchschnitt. Ich hatte ihn angewiesen, auf der Schwelle zu verharren, bis ich ihn rufen würde, und war ihm voraus in einer Art Gänseschritt zunächst zur Kante der offenen, in das Zimmer hineinragenden Tür gegangen. Glückstrahlend, als ob ich Bestätigung für meinen glänzenden Einfall erwartete, hatte ich mich umgedreht. Wenn ihn meine Worte nicht überzeugt hatten, so doch sicher mein Tun. Aber Holtinger stand wie angewurzelt auf der Schwelle und schüttelte nur den Kopf. Verweigerung drückte das nicht aus, nur Ungläubigkeit. Und dann setzte er den Fuß über die Schwelle. Mit bedächtigen, ja vorsichtigen Schritten durchmaß er die vielleicht anderthalb Meter, und als er zu mir aufschloss, sah er mich wieder mit diesem forschenden Blick an. Mit einer aufmunternden Kopfbewegung lud ich ihn ein, mit mir die zweite Hälfte des Wegs zu gehen.

Als wir schließlich nebeneinander vor dem Klavier saßen, fühlte ich mich von seinem Unverständnis in die Enge getrieben. Ich hatte das Gefühl, ich müsse zu jenem Moment zurückkehren, da mein Lehrer, nachdem er mit meiner Mutter ein paar Worte gewechselt hatte, an der Schwelle zum neuen Zimmer stehengeblieben war und mit dem Ausdruck echter, unmittelbarer Freude in einer leisen Verzückung und wie zu sich selbst gesagt hatte: „Hier werden wir demnächst unseren Unterricht abhalten?" Sein Blick war zu den großen Fenstern gewandert, durch die in diesem Moment das Licht der Nachmittagssonne fiel. Die war nicht nur hinter den Wolken hervorgetreten, sie ging auch in seinem Gesicht auf, und ich hatte begriffen, dass ich in ihm einen Geistesverwandten gefunden hatte. Warum musste ich das durch Übertreibung kaputtmachen? Warum musste ich dem Augenblick seinen Zauber und unserem stillen Einverständnis die Grundlage nehmen?

Holtinger, auf dem Stuhl neben mir, schlug das kleine Notizbuch auf, das immer griffbereit auf dem Klavier bei den Noten lag, und in dem er meine Lernfortschritte protokollierte. Dazu benutzte er einen Stempel, mit dem er in schwarzer Tinte einen langgestreckten, rechteckigen Kasten auf das Papier drückte, unterteilt in sechs Abschnitte, die sechs Entwicklungsschritten entsprachen. Hatte ich einen dieser Schritte getan, versah er das entsprechende Feld mit einem Kreuz, etwa wie auf einem Wahlzettel. Fingen wir mit einem neuen Stück an, schrieb er den Titel in das Buch und daneben das Datum. Und darunter setzte er den Stempel. Er konnte so immer genau sehen, wie rasch ich Fortschritte machte, und wenn ihm das Tempo zu langsam war, ermahnte er mich. Der in so vielen Dingen des Lebens sehr nachgiebige Herr Holtinger konnte nicht wirklich böse werden, wenn ich nicht genug übte, und er musste es auch nicht, denn dieser Fall trat praktisch nie ein. Gerade weil er keinen Druck ausübte, gab ich meinem Spielbedürfnis – von dem ich heute sagen würde, dass es ein „natürliches" war – nach und übte fast unentwegt, mehrere Stunden am Tag. „Ist nochmal genug für heute", konnte meine Mutter hinter der geschlossenen Tür rufen (ins Zimmer zu kommen, während ich spielte, wagte sie nicht; und darüber, ob sie in meiner Abwesenheit das Zimmer betrat, dachte ich damals nicht nach). In jenem wunderbaren Sommer, dem ersten im neuen Zimmer, dem letzten vor dem Verlust der Unschuld, diesen wunderbaren Wochen, in denen ich allein war mit mir, in denen ich den Großteil meiner Zeit in diesem Zimmer und in jenem inneren Raum hinter dem Wall verbrachte, und nur die Strahlen der sommerlichen Nachmittagssonne drangen hindurch, und nur Blicke berührten die Sessel, die Teppiche und Bilder, wenn ich das Zimmer betrat, und nur Klänge strichen über all das hin, wenn ich *Für Elise* spielte.

Holtinger wurde für mich zum Engel, der mein Paradies bewachte, denn ich bin nicht sicher, ob vor allem meine Mutter, die mehr Zeit zuhause verbrachte als mein Vater, den Exzess, in den mein Klavierspiel in jenem Sommer mündete, geduldet hätte, wäre da nicht das gewesen, was sie viele Jahre später einmal die „sanfte Autorität" des Herrn Holtinger nennen sollte. Seine fast stets etwas leidende Miene, den klagenden Ton, in dem er sprach, den leicht gebeugten Rücken und seine offenkundige Furcht vor den robusteren Erscheinungen des Lebens hielt sie für einen Ausdruck von Empfindsamkeit (womit sie wahrscheinlich recht hatte), und wenn irgendetwas meine Mutter beeindrucken konnte, dann war es eben jene Empfindsamkeit, ein Umstand, der ihr ihren Job als Gemeindeschwester nicht unbedingt leichter machte. Wenn also ein so „sanfter" und „empfindsamer" Mensch wie Herr Holtinger es war, der mich dazu anstiftete, mir die Sehnenscheidenentzündung geradezu herbeizuspielen, musste das irgendwie in Ordnung sein, während mein Vater – der zu den „robusteren Erscheinungen des Lebens" zählte und damit für Holtinger vom Moment der ersten Begegnung an zu einem Objekt der Furcht wurde – sich da nicht so sicher war.

Die Zweifel, die ihm allabendlich ins Gesicht geschrieben standen, wenn er aus dem Büro kam, richteten sich nicht so sehr gegen meine Spielleidenschaft, die er im Prinzip guthieß, als vielmehr gegen die Person meines Lehrers und gegen mein exzessives Üben höchstens insofern, als er vermuten musste, dass es Holtinger war, der mich durch welche pädagogischen Tricks auch immer zu stundenlangem Üben anhielt.

Ich war zu jung, um zu begreifen, welchen grundsätzlichen Konflikt die beiden, jeder auf seine Weise, austrugen – wobei, das spürte sogar ich mit meinem kindlichen Verstand, eben diese Weise Teil des Konflikts war. Es war Teil des Konflikts, dass Holtinger das Gesicht furchtsam verzog, wenn von meinem Vater auch nur die Rede war, und es war Teil des Konflikts, dass mein Vater diese Furcht witterte, obwohl er meinem Lehrer nach dem ersten Gespräch, das dem gegenseitigen Kennenlernen diente, ein oder zwei Jahre gar nicht mehr begegnete. Ich habe im Leben die Erfahrung gemacht, dass es für zwei Menschen schon ein Unglück sein kann, überhaupt die gleiche Luft atmen zu müssen, und dass mein Vater und Holtinger im selben Haus ein und aus gingen, lud die Atmosphäre mit einem irritierenden elektrischen Knistern, einer unerhörten Spannung auf, die sich manchmal, beim gemeinsamen Abendbrot, in einem Ausruf meiner Mutter entlud: „Was hast du bloß gegen den armen Menschen?"

Mein Vater legte dann das Besteck beiseite, sah meine Mutter an, als ob er sich fragte, ob sie den Verstand verloren habe, blieb aber ruhig, so als ob es für ihn ganz normal sei, mit Verrückten zu reden: „Arm? Ich weiß nicht, was du meinst. Macht mein Argwohn ihn arm? Oder die Tatsache, dass er sein Geld mit – entschuldige (und er warf einen Blick auf mich) – Unterricht verdienen muss?"

Aber darum ging es ihm gar nicht. Es steckte irgendetwas anderes hinter seiner Abneigung, und es handelte sich um ein Etwas, das auch mein Lehrer wahrgenommen hatte, an jenem ersten Abend, als er sich meinen Eltern vorstellte. Der Mensch, der da vor der Tür stand, als meine Mutter öffnete, fiel mit seinem langen Mantel und dem schräg auf dem Kopf sitzenden Barett derart aus dem enggesteckten Rahmen unseres Dorfes, dass er meine Mutter sofort verzauberte. Dabei schien sein Gesicht einen tiefen Kummer darüber auszudrücken, dass die so kess auf seinem dünnen Haar sitzende Kappe gar nicht zu ihm passte, er aber aus irgendeinem dunklen Grund keine Wahl hatte, als sie trotzdem zu tragen. Ich, der ich in diesem Moment hinter meiner Mutter stand, halb verdeckt von ihr, nahm, was ich hier mit größtmöglicher Genauigkeit formuliere, natürlich nur wahr insofern etwas an diesem Menschen war, was mich verwirrte (später, sehr bald schon wich diese Verwirrung der Erleichterung, dass da jemand war, der mich gewähren ließ und mir dadurch den Raum erschaffen half, den ich brauchte).

Mein Vater saß noch beim Abendbrot. Die Krawatte hatte er abgebunden, die Ärmel hochgekrempelt, seine behaarten Unterarme, die sehr muskulös waren, strahlten Autorität aus.

Für ihn kam es nicht in Frage, sich beim Abendessen stören zu lassen, mochte meine Mutter Termine vereinbaren mit wem auch immer. Er stand nicht einmal auf, als sie zusammen mit Holtinger die Küche betrat, drehte sich auf der Eckbank zu den beiden um, musterte den Besucher und sagte dann: „Und Sie wollen also meinem Sohn Klavierspielen beibringen?" Er nahm einen Schluck aus dem Bierglas und drehte sich wieder zum gedeckten Tisch um. „Waren Sie immer schon Klavierlehrer?" – „Nicht immer", sagte Holtinger. „Wollen Sie nicht ablegen?" ließ sich meine Mutter vernehmen, und es klang furchtsam. – „Zwischendurch war da der Krieg", sagte Holtinger, der zwar den Mantel nicht auszog, aber das Barett vom Kopf genommen hatte. – „Der Krieg, ja, natürlich", sagte mein Vater, der sich wieder zu meinem zukünftigen Lehrer umgedreht hatte, als ob er sagen wollte: Was wissen Sie schon davon? Wieder musterte er ihn schweigend, dann stemmte er burschikos seine kräftigen Hände auf die Oberschenkel, als wollte er sagen: Dann fangen wir mal mit der Arbeit an, ließ den Blick wie abschließend oder, als ob er Inventur machen wollte, über Teller und Gläser wandern und sagte: „Schön. Dann machen Se mal."

Meine Mutter schlug vor, doch wenigstens einen Blick auf das Instrument zu werfen. Und ob er denn nicht etwas spielen wolle? – „Wenn Sie das wünschen, natürlich", sagte er, gab meiner Mutter jetzt doch den Mantel, die ihn aber nicht aufhängte, sondern sich nur über den Arm legte. Und so, Holtingers Mantel über dem Arm, stand sie im Wohnzimmer, und ich stand neben ihr, und wir hörten zu, wie Holtinger einen Chopin-Walzer spielte. Vielleicht trügt mich meine Erinnerung, aber meine Mutter ergriff die Musik so sehr, dass sie ihre Finger veranlasste, über den haarigen Stoff von Holtingers Mantel zu streichen. „Schön!" sagte sie nur, als der letzte Takt verklungen war, und ich sagte nichts. Ich war noch nicht imstande, aus dem wie zögernd gespielten Walzertakt herauszutreten, um, was ich gehört hatte, mit einem Rand zu versehen, der es deutlich von dem, was vorher gewesen war und der Stille, die jetzt folgte, abhob. Vielmehr vermischten sich die eben gehörten Klänge mit solchen, die schon in meiner Vorstellung bereitgelegen hatten, und deshalb schien es mir ganz selbstverständlich, dass Holtinger mich unterrichten würde.

Mein Vater war nicht mit uns ins Wohnzimmer gegangen. Als wir meinen Lehrer zur Tür begleiteten, sah ich ihn noch immer am Küchentisch sitzen, mit der aufgeschlagenen Zeitung in den Händen. Er blickte nicht auf, er tat, als ob ihn Holtingers Besuch nichts mehr anginge. Das war in gravierendem Maße unhöflich, aber was erklärt das schon. Was mich verwirrte, als ich ihn da sitzen sah, war die für mich neue Erkenntnis, dass Augenschein und Tatsache sich widersprechen können, aber dass exakt dies die Ursache meiner Verwirrung war, kann ich erst heute sagen. Meinen Vater mochten in diesem Moment, als er da saß, alle möglichen Empfindungen beherrschen, nur eine ganz sicher nicht: Gleichgültigkeit.

Holtinger, auf dem Stuhl neben mir, blätterte im Notizbuch und ließ sich damit mehr Zeit als gewöhnlich. Er beugte sich so tief über die Seiten, dass ich seinen Blick nicht erkennen konnte. Ich deutete sein Verhalten zunächst als Unzufriedenheit mit meinen Fortschritten, aber die zerstreute Art, in der er mich aufforderte, den *Grande Valse Brillante* von Chopin anzustimmen, machte mir klar, dass ich ihm eine Nuss zu knacken gegeben hatte, die zu hart für ihn war. Es war dieser Walzer op. 34 No. 2 übrigens das Stück, das er an jenem Abend anderthalb Jahre zuvor gespielt hatte, und wenn ich die ersten, das Stück gleichsam vorbereitenden Phrasen anschlug, hatte ich jedes Mal das Gefühl, dass jenseits der geschlossenen Tür eine vollkommene, eine unnatürliche Stille eintrat, fast als ob das Haus selbst sich andächtig lauschend über das Klavier beuge.

Ich war inzwischen in den zögernden, so reizvoll unentschlossenen Walzertakt gefallen, der, wie ich noch heute finde, dem Stück eine charakteristisch geistige Note verleiht, als Holtinger mich unterbrach. Das tat er sonst nie. Erstaunt muss ich ihn angesehen haben. „Du solltest dich", sagte er und machte eine begütigende Handbewegung, „vor Überspanntheiten hüten. Was ist so wichtig daran, diesen einen bestimmten Weg von der Tür zum Klavier zurückzulegen?" Ich schwieg. Was hätte ich sagen sollen? Meine Finger strichen über die Tasten, als ob sie sich dafür entschuldigen wollten, dass es nicht weiterging und wohl auch in der Furcht, durch die unnütze Frage meines Lehrers den Kontakt zu ihnen – und zu dem Lied, das in ihnen schlief – zu verlieren, und zugleich versiegelte die Unmöglichkeit, über die Neuheit des neuen Zimmers zu sprechen, meine Lippen.

Heute weiß ich, dass es richtig war, zu schweigen. Obwohl ich ein großes Einverständnis mit meinem Lehrer voraussetzen konnte, hätte ihn eine um Aufrichtigkeit bemühte Antwort noch mehr überfordert, als er es ohnehin schon war, und heute weiß ich zudem, dass die stümperhaften Worte des 10-jährigen, der ich damals war, die Idee hätten verraten müssen, die sie auszudrücken versuchten. Von Holtingers Worten blieb aber etwas haften. Überspanntheit hatte er mein Verhalten genannt.

Was bedeutete das? In diesem Moment war es mir nicht möglich, ihn danach zu fragen, ich wollte spielen, sonst nichts: „Machen wir weiter?" sagte ich.

„Natürlich", sagte er, und mit einer kleinen Verzögerung trat ein Lächeln auf sein Gesicht.

Ich schlug noch einmal die Quinte des a-moll-Walzers mit dem lang ausklingenden a an, und diesmal ließ Holtinger mich das Stück zuende spielen. Er war zufrieden. Das merkte ich daran, dass er sich aus der grüblerischen Erstarrung löste, in die ihn meine „Überspanntheit" versetzt hatte. Er gab sich wieder frei und ungezwungen, wenn auch in dem Rahmen, den der tiefe Schrecken ihm vorgab, der in seinen Knochen saß und offensichtlich nicht weichen wollte, ähnlich wie Kälte, die einen Menschen zeitlebens umklammert hält, die Kälte eines nackten Betonfußbodens, die Kälte eines Schützengrabens, die Kälte furchtsam durchwachter Winternächte, und die Kälte einer zugigen Unterkunft, wenn das Wasser im Glas gefriert, weil es kein Brennholz gibt.

Die Gelöstheit meines Lehrers gab mir den Raum zurück, der um uns war und den mir seine grüblerische Erstarrung und seine Verständnislosigkeit vorübergehend genommen hatten. Ich spürte das an einem plötzlichen Gefühl der Weite, innerer und äußerer Raum verschmolzen, das Zimmer wurde zu einer Erweiterung meiner selbst, so wie ich zu einem Teil des Zimmers wurde, seine Neuheit war wieder die meine, und meine – gewonnen in einem

Moment der Abwehr und der Solidarisierung mit seiner Schutzlosigkeit – wurde wieder zur Entsprechung der seinen.

„Und?" fiel das Wort meines Lehrers in das reine, tiefe Blau dieses Himmels, in dem der Klang des soeben gespielten Stückes nachhallte. „Was macht *Für Elise*?"

Für Elise war mein persönlicher Spleen. So sah es jedenfalls Holtinger.

Ich war damals, kurz nach dem Umzug des Klaviers in das neue Zimmer und zu Beginn dieses Sommers, schon viel weiter, ich hatte unter der umsichtigen und zurückhaltenden Anleitung Holtingers angefangen, mich mit der *Sonate Pathétique* zu beschäftigen, wunderbare, komplexe, ergreifende Musik, was ging mich da noch das „Kinderlied" (Holtinger) an, die „Gelegenheitsklavierdichtung" (Holtinger), was war das für eine Marotte – Überspanntheit womöglich auch dies?

Die Frage beschäftigte ihn umso mehr, als ich zwar zugab, noch immer daran zu üben, mich aber – seit mein Lehrer das sechste Kästchen gekreuzt und damit dieses Kapitel offiziell geschlossen hatte – strikt weigerte, ihn an meinen Fortschritten teilhaben zu lassen, mit anderen Worten: Ich weigerte mich, es ihm vorzuspielen. „Ich fürchte", sagte er, und es war nicht das erste Mal, dass er dieser Besorgnis Ausdruck verlieh, „du versteigst dich da in etwas."

Ihn zu korrigieren, hätte bedeutet, von etwas zu sprechen, für das mir damals noch die Worte fehlten. Rein technisch hätte ich mich vermutlich verständlich machen können, und dass ich nicht einmal das versuchte, hatte wohl damit zu tun, dass ich meinen Lehrer, dem ich innig zugeneigt war, nicht bloßstellen wollte. Tatsächlich, hätte er nicht bemerken müssen, dass ich zum Beispiel für das, was die linke Hand im Mittelteil zu leisten hatte, keine sich irgendwie aus der Logik des Stücks ergebende Erklärung hatte? Mir fehlte die Idee für das Stakkato der 16tel, über das die rechte Hand melodieführende Akkorde legt, ich begriff Beethovens Intention nicht, ich hatte schon alles mögliche versucht, vorübergehend auch geglaubt, den Schlüssel gefunden zu haben, Wut nämlich, ich spielte diese Takte wütend und glaubte damit, Beethovens Absicht am nächsten gekommen zu sein. Aber inzwischen hatte ich wieder Abstand davon genommen, voller Unruhe spürte ich, dass ich das Rätsel noch nicht gelöst hatte, und verwundert hatte ich mich schon mehrfach gefragt, ob mein Lehrer das Rätsel nicht *wahrnahm* oder seinerzeit, als wir die Arbeit an dem Stück abschlossen, nicht bemerkt hatte, dass *ich* nicht imstande war, es zu *lösen*? (Was aber imgrunde auf ein und dasselbe hinauslief.)

Heute, wo ich vieles besser verstehe, muss ich ihn in Schutz nehmen.

Nach den Maßstäben, die er aus dem Umgang mit seinen Schülern aus seiner langjährigen Erfahrung als Klavierlehrer gewonnen haben dürfte, konnte ich das Stück. Ich spielte es fehlerfrei, ich spielte es im richtigen Tempo – das heißt, setzte das Tempo der einzelnen Teile des Stücks ins richtige Verhältnis zueinander. Das war – soviel kann ich heute sagen – schon mehr, als viele Schüler mit dieser Musik erreichen. Wenn ich Holtinger überhaupt etwas vorwerfen kann, dann vielleicht, dass er nicht begriff, wie wenig es mich befriedigen konnte, das Stück dem Buchstaben nach zwar zu beherrschen, an seinem Geist aber kläglich zu scheitern. Aber ich denke, der Vorwurf träfe nicht ins Schwarze. Für wahrscheinlicher halte ich: Es ärgerte ihn und weckte seine Spottlust – eine sanfte Spottlust, der ein Quäntchen Resignation und ein Quäntchen Müdigkeit beigemischt waren -, dass ich mein Talent an ein so bedeutungsloses Stück Musik verschwendete. Wie hätte ich ihm erklären sollen, dass es gerade das Einfache des Stücks war, das es zu einem Rätsel für mich machte? Dass es gerade seine vordergründig so einfache Struktur, der technisch geringe Schwierigkeitsgrad waren, die ein Vakuum schufen, in das ich mit meinen interpretatorischen Bemühungen einfach vorstoßen musste?

Ich fühlte mich beim Versuch, mir die – unvergleichlich schwierigere – *Sonate Pathétique* zu erarbeiten, gehemmt, und Holtinger spürte das. „Was ist los?"

Ich druckste eine Weile herum und rückte schließlich heraus mit der Sprache: „Ich bin für das Stück nicht gut genug."

Von dem Pflichtbewusstsein zu erfahren, das sich hinter meinen Worten verbarg, hätte ihn vermutlich überrascht. Mein Gedanke war: Wie konnte ich mich an das Schwierige wagen, wenn ich das Einfache nicht beherrschte? Oder, noch simpler: Man soll den zweiten Schritt nicht vor dem ersten tun!

Vollends zum Mystiker hätte er mich gestempelt, wenn ich ihm erklärt hätte, dass es die Neuheit des Zimmers mit seinen goldgepolsterten Sesseln, den Teppichen, dem Parkett, den Bildern des Großvaters gefährdet hätte, meine Interpretation des „Kinderliedes", der „Gelegenheitsklavierdichtung" so unvollkommen zu belassen, wie sie war. Unvollkommenheit drückte sich im Zwiespalt aus, jener winzigen Kluft zwischen dem, was war, und dem, was hätte sein sollen, und mochte diese Kluft auch fein wie ein Haarriss sein. Woran merkte man, dass es diesen Riss gab? Daran, dass man nicht mit der Musik verschmolzen war: Ich war nicht *Für Elise*, und *Für Elise* war nicht ich. Und in diesen feinen Riss, in diese Differenz der Identitäten sickerte etwas ein, eine Art Verunreinigung, etwas, das in meinem Raum aus Klang nichts zu suchen hatte und das ich unter allen Umständen dort heraushalten wollte. Diesem Etwas einen Namen zu geben, war ich damals, in jenem Frühjahr, als glücklicher, aber eben auch ein bisschen gequälter neuer Bewohner eines neuen Zimmers nicht imstande.

*

Opa – der Vater meiner Mutter – war häufig zu Besuch bei uns. Er war der einzige Mensch in meiner Umgebung, der Hosenträger trug. Das graue Haar zur Bürste geschnitten, der Nacken ausrasiert, über der Oberlippe die Andeutung eines Bärtchens, das etwas breiter war als das des Diktators, den er tüchtig gehasst hatte, „tüchtig, jawohl", wie meine Großmutter nicht müde wurde zu betonen.

Zwei Jahre zuvor, als meine Eltern das Haus bauten, hatte Opa nur immer wieder die Hände über dem Kopf zusammengeschlagen, seine Muskeln im ausrasierten Nacken hatten gezuckt: „Ihr seid ja verrückt geworden! Ihr reitet euch in euer Unglück!" Zu groß, zu stattlich war ihm das, was vor seinen Augen und unter den Händen dieser jungen Leute auf dem Nachbargrundstück emporwuchs. Dieses Grundstück war bis vor kurzem Teil eines größeren Anwesens gewesen, das er in den frühen 20er Jahren von den Nachfahren der von Reichenaus günstig erworben hatte (er liebte es, die Geschichte zu erzählen, wie der General Feldmarschall von Reichenau kurz vor dem Krieg mit großem Anhang zu Besuch kam, um das Haus und Anwesen seiner Vorfahren zu besichtigen, und *ich* liebte es, wenn er erzählte, wie der General in Ausgehuniform auf dem Sofa mit den Troddeln die Füße in den blankgewichsten Stiefeln von sich streckte, behaglich den letzten frisch gebrühten echten Kaffee der Vorkriegszeit schlürfte und sich einfühlsam vom heutigen Leben und Treiben in diesem Haus erzählen ließ, dessen erste urkundliche Erwähnung auf das 15. Jahrhundert zurückging). Er hatte es seiner Tochter und dem Schwiegersohn überlassen, eine Geste von Großmut, die ihn Selbstüberwindung gekostet hatte, denn er machte keinen Hehl daraus, dass mein Vater ihm suspekt war. Er hielt ihn zwar für tüchtig, was in seiner Welt viel galt, aber auch für gottlos, was in seiner

Welt fast noch bedeutsamer war. Dass er die Ehe seiner Tochter mit diesem Mann überhaupt akzeptierte, glich einem resignierten Seufzer darüber, dass sich die Zeiten änderten und man nicht an alles den eigenen Maßstab anlegen konnte. Er war ein kluger Mann, der fest gegründet in der Vergangenheit stand, dessen Kopf aber hellwach die Veränderungen um sich her registrierte.

Um zu uns zu gelangen, musste er nur das eigene, etwas abschüssige Grundstück überqueren und durch eine Lücke zwischen Buchsbaumhecke und Maschendrahtzaun schlüpfen, der die Grenze zum Grundstück der benachbarten Gärtnerei markierte. Er hätte auch durch das Gatter – wir nannten es die „Heckentür" – kommen können, das meine Eltern eigens hatten anbringen lassen, aber ob darin eine Art Trotz lag, ein stillschweigender Widerstand (gegen was auch immer), oder ob es – was allerdings nicht zu ihm passte – Bequemlichkeit war, weil im einen Fall eine Tür geöffnet werden musste, im anderen nicht, jedenfalls zog er es vor, durch den schmalen Spalt zu schlüpfen, und an seiner Lodenjacke hafteten immer ein paar Blättchen Buchsbaum, was meine Mutter mit einem halb verständnislosen, halb strengen Blick quittierte.

In jenem Frühsommer saß er oft bei uns auf der Terrasse und trank heiße Milch. „Soll ich dir nicht ein Bier bringen?" fragte meine Mutter. „Ich trink meine Milch", sagte er, und er sagte es in einem Ton, als ob meine Mutter ihm sonstwas zugemutet hätte. Er saß dort und genoss es. Inzwischen hatte er sich davon überzeugt, dass das Unternehmen meines Vaters florierte und dieser Mann seine Tochter bei aller Großmannssucht nicht in den Ruin treiben würde, es waren Jahre wirtschaftlichen Aufschwungs, und Maschinen zur Herstellung von Pflastersteinen waren offensichtlich sehr gefragt. Er konnte stundenlang den Blick über den kurzgemähten Rasen, die frisch angepflanzten Koniferen und Rhododendren, die noch kleinen Obstbäume, den Plattenweg, der die Einfahrt mit der Haustür verband, und die Hecke schweifen lassen, die meine Eltern dort, wo vorher nichts gewesen war, gepflanzt hatten und die in jenem Jahr noch so niedrig stand, dass man zusehen konnte, wer auf der Straße vorüberging oder – seltener – fuhr. Natürlich hätte er das nicht zugegeben, aber Tatsache war auch, dass er wartete.

Kurz nach Fertigstellung des Hauses hatten meine Eltern einen Fernseher angeschafft, und Opa hatte den Kopf geschüttelt: „Jetzt seid ihr endgültig verrückt geworden. Sie sind verrückt geworden", wiederholte er und ließ einen auffordernden Blick auf seiner Frau, meiner Großmutter, ruhen. „Das denke ich auch", sagte die nur, aber sie sagte es wie immer so, dass jedem sofort klar war, was sie wirklich dachte, nur meinem Opa nicht. Zufrieden steckte er eine Zigarre in Brand und beschäftigte sich während der nächsten halben Stunde damit, den Kopf zu schütteln und die Zigarre zu rauchen, im Reinen mit sich selbst.

Oma war aus anderem Holz geschnitzt. Sie hatte einen Blick dafür, dass nichts so heiß gegessen wird wie es gekocht wird, sie mochte einfach nicht glauben, dass Menschen wie ihre Tochter und ihr Schwiegersohn, so grundsolide, wie sie sie kannte, plötzlich verrückt geworden waren. Das war außerhalb jeder Wahrscheinlichkeit. Ebenso wenig nahm sie meinem Großvater seine Frömmigkeit ab, aber hierin, glaube ich, täuschte sie sich. Oh, sie hatte nichts dagegen, dass er allabendlich die Bibel aufschlug und daraus vorlas, schließlich waren sie Protestanten, die in der Furcht des Herrn lebten. Auch dass er, vor dem Bett kniend, Luthers Abendsegen sprach, bevor er zu ihr unter die Decke schlüpfte, war in Ordnung, die Papisten machten das ja auch (wenn auch nicht mit Luthers Abendsegen), und sollte man denen das Feld überlassen? Aber es fehlte ihr an der Phantasie, sich vorzustellen, dass jemand das ernstnehmen könnte, was für sie lediglich Ritual und Gewohnheit war. Und auch, wenn sie nicht imstande gewesen wäre, das so zu formulieren, so lag es für sie doch völlig außerhalb des Denkbaren, dass ein Mensch auf die Idee kommen könnte, das, was war, an etwas zu messen, was seiner Meinung nach sein sollte oder könnte, mit anderen Worten: Es gab für sie keine absoluten Begriffe, vielmehr stießen sich die einzelnen Bestandteile der Wirklichkeit im Aufeinanderprallen gegenseitig die Ecken und Kanten ab, so dass nichts bleiben konnte, was es im Moment seiner Entstehung gewesen war, und was in den Ohren anderer vielleicht kriegerisch klang, war nach ihrem Verständnis ein lautloser und für alle Beteiligten schmerzloser Vorgang, selbstverständlich und insofern kaum der Rede wert (im Ergebnis fügte sich alles aufs beste ineinander wie die Teile eines Puzzles).

Wenn ihr Mann allmorgendlich, im Schlafanzug und mit Filzpantoffeln an den Füßen, vom Andachtskalender in der Küche das Blatt vom Vortag abriss, geschah das nicht, um über dem begonnenen Losung und Lehrtext aufzurichten wie ein Menetekel, es geschah nicht, um über den Mühen der Ebene ein Gewölbe aus deutenden Worten zu errichten oder auch nur das Dunkel der gelebten Augenblicke dem Licht des Gedankens auszusetzen, nein, es war Bestandteil des morgendlichen Rituals aus Kaffeekochen, Katzenwäsche, Zähneputzen und Zeitunglesen, sonst nichts.

Ich bin davon überzeugt, dass sie ihrem Mann unrecht tat, aber ich beruhige mich damit, dass es ihm ebenso an der Vorstellung fehlte, sie könnte für Konvention und sinnentleerte Ritualität halten, was für ihn das Brot des Lebens war, wie es umgekehrt ihr an Verständnis für seinen Glauben fehlte.

Ob wir nun verrückt waren oder nicht, Opa kam immer öfter zum Fernsehen zu uns.

Bei seinem ersten Besuch nach Anschaffung des Apparats war er nur eine halbe Stunde geblieben, war, irgendetwas vor sich hin murmelnd, plötzlich, mitten im Programm, aufgestanden und hatte Raum und Haus verlassen, ohne ein Wort der Erklärung.

„Dein Vater hat es natürlich nicht nötig, sich wie ein normaler Mensch zu benehmen", sagte mein

Vater, „kein Wunder, mit dem Kopf zwischen den Wolken."

„Du musst ihn verstehen", sagte meine Mutter, „Kino im Wohnzimmer. Das begreift er nicht. Das ist einfach zuviel für ihn."

„Na ja", sagte mein Vater versöhnlicher, „es ist ja auch wirklich unglaublich, was der Fortschritt der Menschheit gebracht hat."

Kalkweiß war Opas Gesicht gewesen, und ich weiß noch, dass ich mich schuldig fühlte. Opa und ich waren doch befreundet, warum hatte ich es zugelassen, dass meine Eltern ihm das antaten. Ein Erwachsener ist ein Mensch, der gelernt hat, dass er auf das, was um ihn herum passiert, so gut wie keinen Einfluss hat, und es kann ihm guttun, wenn er sich das oft genug sagt, denn es spricht ihn frei. Aber ein Kind hat magische Vorstellungen von seinem Einfluss und seiner Macht und fühlt sich zuständig, wenn es um einen Menschen geht, den es liebt – und entsprechend schuldig, wenn diesen Menschen ein Leid trifft. In anrührender Umkehrung der tatsächlichen Verhältnisse möchte ein Kind den geliebten Erwachsenen beschützen und wirft es sich vor, wenn es das versäumt hat oder nicht dazu imstande war.

Opa tat mir leid. Ich war nicht imstande, die Bedeutung der kleinen Episode richtig einzuschätzen und natürlich noch weniger, irgendein Wort darüber zu verlieren. Ich ging oft, wenn ich nicht gerade Klavier spielte, hinauf in das alte Haus und setzte mich zu ihm in die Küche, wo er Stunden mit dem Lesen der Zeitung zubringen konnte. Auf dem

Tisch standen immer ein Glas Milch und ein Aschenbecher (ein kleines, mit Blumen verziertes Porzellanschälchen, das vielleicht gar kein Aschenbecher war, von meinem Großvater aber als solches benutzt wurde), und in dem Aschenbecher lag immer eine Zigarre, die noch glomm oder bald wieder glimmen würde. Wenn sie aus war, berührte ich sie vorsichtig, und sie war immer warm. Ich durfte auch den Finger in die Kuhle auf Opas Kopf legen, schön warm fühlte es sich auch dort an, aber anders. Opa war im Ersten Weltkrieg gewesen, und dort, wo sich die Kuhle befand, war ein Granatsplitter in seinen Kopf eingedrungen, und seither, soviele Jahre schon, wanderte dieser Splitter, wanderte irgendwie in Opas Kopf herum, und ich nahm an, dass das sehr gefährlich war und fühlte mich bei diesem Gedanken nur noch mehr zu ihm hingezogen.

Dichter Rauch stand in der Luft, und ich hatte sehr deutlich das Bewusstsein, in eine andere Welt und Zeit einzutauchen, wenn ich durch die meist offenstehende Haustür, den Flur und das Wohnzimmer in die Küche ging. Oma hielt sich darin nur auf, wenn sie etwas zu essen machte (oder meinen Lieblingskuchen buk), jedenfalls traf ich meinen Großvater meist alleine an. „Willst du ein Glas Milch?" fragte er mich jedes Mal, wenn ich zu ihm kam, und ich sagte jedes Mal „Ja", aber er schien zu spüren, dass ich es nicht mit Begeisterung sagte und schenkte das Glas nie mehr als halb voll. „Gott schickt dem Menschen nur soviel Leid, wie er tragen kann", hatte ich Opa mal sagen hören, und ich musste immer an diesen Spruch denken, wenn ich tapfer das halbvolle Glas Milch trank. Wie er das auch sonst gerne tat, schüttelte er beim Lesen der Zeitung fast unentwegt den Kopf. „Gott hat einen Plan mit uns", sagte er, „und er benutzt die Menschen als Werkzeug, um seinen Plan in die Tat umzusetzen. Aber..." Und hier konnte er die Zeitung einen Moment beiseitelegen. „...es gibt sehr viele schlechte Menschen. Und man fragt sich, warum eigentlich. Ist Gott denn nicht allmächtig?"

Das berührte mich sehr. Es hatte irgendetwas damit zu tun, dass ich in den letzten Wochen so oft hier gewesen war, über die ansteigende Wiese hier herauf ins Gutshaus gekommen war und hier bei ihm in der Küche gesessen hatte. Es hatte irgendetwas mit dem kalkweißen Gesicht zu tun, auch wenn ich nicht erkennen konnte, wer in dieser Geschichte die schlechten Menschen sein sollten, doch meine Eltern wohl nicht. Mein noch sehr kindliches Hirn brachte diese Dinge durcheinander, und vollends verwirrte es mich, als der Großvater dann wieder kam, um bei uns fernzusehen und es bei dem einen Mal nicht beließ, sondern immer öfter schon nachmittags kam. Wobei ihm schwer beizubringen war, dass das Programm große Lücken aufwies und er sich über längere Zeitstrecken mit dem Testbild zufrieden geben musste. Bei schönem Wetter saß er dann auf der Terrasse, trank sein Glas Milch und wartete.

Ich glaube allerdings, dass er nicht nur wartete, nein, er nahm Anteil an seiner Umgebung. Kann ich mich in ihn hineinversetzen und mit ihm den

Blick über die erst vor anderthalb Jahren gepflanzten Bäume und Ziersträucher schweifen lassen? Nichts war alt von dem, was er sah, was seine Füße und Hände ertasten konnten, nicht der Rasen, die Hecke, nicht die auberginefarbenen Platten, mit denen die Terrasse ausgelegt war, nicht der Stuhl, in dem er saß und nicht der Tisch, auf dem das Glas Milch stand. Als das Richtfest stattfand, hatte er, den erloschenen Stumpen zwischen den Fingern, ohne ein Wort zu sagen, allem den Rücken gekehrt, und nachher war sich jeder sicher, genau zu wissen, was er gedacht hatte: „Vor Stolz und Rührung hat er kein Wort herausgebracht." – „Unsinn. Er war überfordert, hast du das nicht gemerkt?" – Ich denke, er war zumindest überrascht und vielleicht ein wenig eingeschüchtert davon, dass seine Unterschrift unter ein Stück Papier einen solchen Baurausch ausgelöst hatte. Vielleicht warf er sich auch vor, dass es ihm an Phantasie gefehlt hatte, sich vorzustellen, was er mit seiner väterlich-großzügigen Geste in Bewegung setzen würde. Und vielleicht kratzte er sich auch deshalb so oft am Hinterkopf (meine Mutter wollte das beobachtet haben), weil er, der überhaupt nicht fähig – und auch nicht willens - war, sich *mit* der Zeit *gegen* die Erinnerung zu verbünden, unterschätzt hatte, welche Energie das Vergessen freisetzte, und wenn ich heute darüber nachdenke, wundert es mich nicht sehr, dass er und Holtinger einander sofort mochten.

Sie waren sich zwei-, dreimal begegnet, wenn Großvater von der Terrasse hereinkam, um sich ein frisches Glas Milch zu holen und Holtinger mit mir das neue Zimmer verließ, um sich zu verabschieden, und das Bild der beiden Männer, die es ein bisschen verlegen machte, im jeweils anderen etwas von sich selbst zu erkennen, hat sich mir eingeprägt wie wenige Bilder meiner Kindheit: Holtinger, der große und hagere Mensch mit den hängenden Wangen im traurigen Gesicht und mein Großvater mit dem manchmal mürrischen, manchmal skeptischen Blick auf eine Welt, die – getreu dem Katechismus, mit dem er konfirmiert worden war – als „gefallene" zu bezeichnen er nicht müde wurde.

Holtinger und mein Großvater schienen zu wissen, dass man sich wortlos verstehen kann, denn die Worte, die sie wechselten, waren belanglos. „Jetzt ist es endlich Sommer", konnte der eine sagen, und heute, soviele Jahre später, kann ich mich an eine Übersetzung wagen: „Wir schaffen es zwar nicht, zu vergessen, aber zumindest können wir wieder ohne Angst leben." – „Ja, Gott sei Dank", sagte der andere dann nur. Damals rührte es mich an, die unterirdisch strömende Verbundenheit zwischen den beiden zu spüren, vor allem auch deshalb, weil das Gefühl, in Großvater einen Geistesverwandten vor sich zu haben, ein Lächeln in Holtingers Gesicht zauberte und ihn offensichtlich für Momente vergessen ließ, dass die Angst ihn umklammert hielt und nie wieder ganz freigeben würde. Mein Großvater mit seinem Glas Milch auf der Terrasse war für Holtinger Sommer, und diese Augenblicke, in denen die beiden einander gegenüberstanden, wobei der Lehrer den pensionierten Beamten um Kopfeslänge überragte, waren echt darin, dass sie nicht nur frei von etwas waren – von Furcht -, sondern auch bis an den Rand gefüllt mit jener Heiterkeit, die einen das Gewicht des Lebens vergessen und jener Innigkeit, die einen Dank dafür empfinden lässt.

Meine Mutter, die das eine oder andere Mal einer Begegnung der beiden beiwohnte, spürte ebenso wie ich, dass sich zwischen den Männern etwas Ungewöhnliches ereignete und zog sich an den Rand des Zimmers oder in die Küche zurück. Und ich? Ich war froh, dass ich, nachdem ich mit meinem Lehrer das neue Zimmer verlassen hatte, noch einen Moment der Klarheit, der ungetrübten Intensität erleben durfte, bevor sich wieder jener Staub auf alles legte, den meine Mutter täglich wischte. Und da ich nicht nur mit Großvater befreundet war, sondern – auf andere Weise – auch mit meinem traurigen Lehrer, hatte ich – „lasst mich in eurem Bund sein der Dritte" – Anteil an etwas, für das die oft an wolkenlosem Himmel brennende Sonne dieses Sommers, für das ihr Licht, das durch die großen Fenster auf mein Notenblatt fiel, zum Bild wurde.

Keine Frage, dass Großvater der Faszination des neuen Mediums erlegen war. Ob im *Stahlnetz* auf Täterjagd oder mit Clemens Wilmenrod in der Studioküche, pünktlich um fünf betrat er ungeachtet der Tatsache, dass es dann oft noch gar kein Programm gab, das Wohnzimmer, schaltete den Apparat ein und setzte sich in einen der Sessel, die meine

Eltern schon oben, im alten Haus, besessen hatten, als sie noch mit ihm und meiner Großmutter unter einem Dach lebten, die alten Leute unten, meine Eltern im ersten Stock - ein Leben, das mir in meiner Erinnerung schon wegen der knarzenden Holztreppe, die dort hinaufführte, wie einer völlig anderen Epoche zugehörig vorkommt. Ich denke, dass sein Glaube meinen Großvater schlecht auf die Suggestion der bewegten Bilder vorbereitete, schließlich kamen Fernseher in der Bibel nicht vor, und sein Gesicht war, wenn er mit offenem Mund stundenlang auf die Mattscheibe starrte, all dessen entleert, was ihn sonst in den Augen des Kindes auszeichnete. Es liegt nahe, die Kalkweiße seines Gesichts an jenem Abend, als meine Eltern ihm den neuen Apparat vorgeführt hatten, so zu deuten, dass hier eine Tafel gewischt worden, in der heutigen, brutaleren Sprache gesprochen: eine Festplatte formatiert worden war, aber das menschliche Hirn ist keine Schultafel und kein Computer, und wenn Opa nicht fernsah, war er durchaus der alte. Eines Tages, als er gerade das Wohnzimmer betrat, um sich ein frisches Glas Milch zu holen, hörte er meine Mutter meinen Lehrer fragen: „Haben Sie nie daran gedacht, zu heiraten, Herr Holtinger?" und schickte ihr einen strafenden Blick. Selbst dem 10-jährigen, der noch auf der Schwelle stand, halb dem Inneren des Raums, halb schon dem Wohnzimmer zugewandt, war instinktiv klar, dass das eine sehr direkte Frage war.

Holtinger wurde puterrot und stammelte, er müsse leider zeitig aufbrechen – sein nächster Klavierschüler warte -, und meine Mutter, die glaubte, dem sensiblen Mann zu nahe getreten zu sein, „natürlich, lieber Herr Holtinger, verzeihen Sie", beeilte sich, neben ihn und an ihm vorbeizukommen, als wollte sie durch diese Eilfertigkeit ihren Fauxpas vergessen machen. An der Garderobe hielt sie ihm Barett und Mantel hin, tapfer um Fassung ringend, und vermutlich nahm sie gar nicht wahr, dass Holtinger, als er die Stücke aus ihren Händen entgegennahm, sie mit einem wohlwollenden Blick bedachte.

Sie war dann den ganzen Abend sehr schweigsam, und auch die Nachfragen meines Vaters, ob irgendetwas vorgefallen sei, quittierte sie nur mit kurzen, verwirrten Blicken, die sie sofort wieder auf die Finger ihrer rechten Hand senkte, die ein ums andere Mal über die Finger ihrer linken Hand hinstrichen.

Sie kam nie wieder auf das Thema zu sprechen, und es fällt mir noch heute schwer, zu beschreiben, wie irgendetwas, das ungreifbar blieb, anfing, die Atmosphäre in unserem Haus zu vergiften. Immer öfter zog ich mich, sobald ich zu Mittag gegessen hatte, in das neue Zimmer zurück, denn hier, an diesem Ort, der nur die zärtliche Berührung von Blicken und Klängen kannte, war die Luft rein, es war, als ob zwischen den Bildern und Möbeln, die aus einer früheren Zeit stammten (und zugleich die Zeit aufzuheben schienen), andere Gesetze herrschten als vor der Tür.

Meine Mutter ließ mich gewähren. Ich brachte gute Noten nachhause und würde im Herbst auf das Gymnasium wechseln. Meine Klavierspielexzesse beeinträchtigten meine schulischen Leistungen nicht, und solange das so blieb, schritt sie nicht ein.

Da es sich mein Großvater zur Gewohnheit gemacht hatte, uns nachmittags zu besuchen, ging ich nur noch selten hinauf in das alte Haus. (Meine Großmutter, die sich bei uns unten nur sehr selten blicken ließ, bekam ich so kaum noch zu sehen.)

Wenn Großvater auf der Terrasse saß, Milch trank und eine Zigarre rauchte, setzte ich mich manchmal zu ihm. Auch bei frühsommerlichen Temperaturen behielt er seine Lodenjacke an, und ich zupfte ihm die Buchsbaumblätter aus dem Filz. Er ließ das zu, er war ohnehin mit den Gedanken woanders, und ich fand mich in der Vermutung bestätigt, dass er nicht nur auf den Beginn des Fernsehprogramms wartete. Allerdings schien es auch nicht die Umgebung zu sein, für die er sich interessierte, vielmehr beschäftigte ihn etwas und zog seinen Blick von dem Blühen und Treiben ringsum ab und nach innen. Mehrmals konnte ich das Gefühl haben, als ob er mir etwas sagen wollte, aber er besann sich, nachdem er einen prüfenden Blick auf mich geworfen hatte, immer noch rechtzeitig, trank einen Schluck Milch, nahm einen Zug von seiner Zigarre und atmete vernehmlich aus. „Ja, mein Junge", waren dann die einzigen Worte, die zusammen mit dem Rauch seinem Mund entwichen. Und ich füge heute in Gedanken hinzu: „So ist das. So und nicht anders. Und weder du noch ich werden daran etwas ändern können." – Ich hätte auch nicht zu sagen gewusst, was ich hätte ändern sollen, aber ich hatte doch nach vielen gemeinsam verbrachten Stunden begriffen, dass die Skepsis, ob man den Lauf der Welt beeinflussen könne, typisch für meinen Großvater war. Alles folgte einem Plan, in dem großen Welttheater aus Schuld und Sühne gab es gute Menschen und schlechte Menschen, das war nun so, auch wenn es schwer zu begreifen war, aber nichts und niemand konnte ihn, den pensionierten Beamten, zwingen, die Seiten zu wechseln. Der an manchen Nachmittagen grimmige Ernst, mit dem er grübelnd den Blick von allem abzog und nach innen wendete, wich der Erleichterung, wenn er Holtinger über den Weg lief, und zu gerne hätte ich gewusst, was er in meinem Lehrer sah (heute ist mir das deutlicher). Was auch immer es war, ich sah mich als Teil einer verschworenen Gemeinschaft, denn ein Geheimnis, das zwei Menschen teilten, die ich, jeden auf eigene Weise, liebte, war eines, an dem auch ich Anteil hatte, auch wenn ich das nicht in Worte hätte kleiden können.

Die Ferien hatten begonnen. Der Hausbau und der Anbau des neuen Zimmers belasteten das Familienbudget, so dass es für meine Eltern nicht in Frage kam, eine Urlaubsreise zu machen. Es gab aber noch etwas anderes, das jetzt hinzukam und das Budget belastete.

In der Ecke im Wohnzimmer, wo bis vor ein paar Monaten das Klavier gestanden hatte, stand eines Morgens ein Schrank, in den ein Radio eingebaut war, ein verhältnismäßig elegantes Möbelstück, das gut zur übrigen Einrichtung passte.

„Was ist das denn?" rief ich zurück in die Küche.

Meine Mutter kam, indem sie sich die Hände an der Schürze abwischte, zu mir und sagte mit Stolz in der Stimme: „Eine Musiktruhe. Ist das nich ne Wucht?" Ich betastete das Ding. „Aber wir haben doch schon ein Radio", sagte ich.

„Mach mal die Tür unter dem Radio auf", sagte meine Mutter. „Warte, ich helf dir."

Sie zog eine Klappe zu sich heran und dann nach oben. Das Radio war jetzt verborgen, die Truhe sah ganz wie ein Möbelstück aus. Wären da nicht die Gitter aus Stoff gewesen, mit denen die Seiten bespannt waren. (Ich sollte bald begreifen, dass sich dahinter die Lautsprecher verbargen.) Meine Mutter öffnete die Klappe unterhalb des Radios, und im selben Moment durchflutete mich ein Strom heißen Glücks. Ein Plattenspieler! Sie zog ihn vorsichtig heraus auf die in horizontaler Position liegende Klappe, so dass ich ihn mir bequem und in allen Einzelheiten ansehen konnte.

Das Gerät war auf eine für mich neuartige Weise schön. Der Kasten, in den der Plattenteller, die Regler und die Halterungen für den Tonarm eingelassen waren, war aus graulackiertem Metall, der Plattenteller selbst aus dunkelgrauem Gummi. Das alles bezog seine Schönheit daraus, dass es in Bewegung geraten würde, wenn ich nur die richtigen Knöpfe drückte. Am liebsten hätte ich das sofort ausprobiert, aber womit?

„Guck mal", sagte meine Mutter hinter mir, und ich drehte mich um. Ich traute meinen Augen nicht. Eine Schallplatte! Was war los, hatte ich Geburtstag? „Für mich?" sagte ich. Sie nickte kaum merklich und strahlte über das ganze Gesicht.

Es war eine richtige Langspielplatte! Auf der Hülle waren die Tasten eines Klaviers abgebildet, drehte man die Platte um, konnte man sehen, welche Stücke sich darauf befanden. Es handelte sich um lauter Klavierbagatellen aus Klassik und Romantik, darunter eine Einspielung von – *Für Elise*. Der Interpret war ein gewisser Walter Rummel. Wunderbar! Nun würde ich zu hören kriegen, wie Beethoven klang, wenn ein richtiger Pianist ihn spielte. „Kann ich sie gleich mal auflegen?" Meine Mutter nickte. „Aber vergiss nicht, dass wir bald essen wollen."

Ich nahm die Platte vorsichtig aus der Hülle und legte sie auf den Teller. Und nun? Was musste ich tun, damit der Teller sich drehte? Ich probierte verschiedene Knöpfe und Schalter aus, aber nichts regte sich. Ich nahm den Tonarm, bewegte ihn hin und her, es knackte, und plötzlich fing der Teller an, sich zu drehen. Ich setzte vorsichtig den Tonkopf auf die Platte und wartete. Nichts. Was machte ich falsch? „Du musst erst oben anmachen!" hörte ich meine Mutter aus der Küche rufen. Ich suchte nach einem Knopf zum Einschalten, fand ihn, drückte ihn, und mit einem Mal füllte der herrliche Klang perlend gespielter Klavierläufe den Raum. Noch heute sehe ich mich dort vor der Musiktruhe sitzen, auf einer Brücke, die meine Mutter selbst geknüpft hatte, die Plattenhülle in der Hand und dem stieren Blick eines Hypnotisierten, der nicht weiß, wie ihm geschieht. Das war *Für Elise*, ja, so musste man das spielen. So. Und nicht anders. Ich verging – vor Scham, vor Glück, vor…selbst heute, Jahrzehnte später, fällt es mir schwer, die richtigen Worte zu finden für das, was ich beim Hören dieser Aufnahme empfand.

Von zwei einander widerstrebenden Kräften hin und her gerissen, hockte ich auf dem Teppich, genau in der Mitte zwischen den zwei Lautsprechern. Ich hätte in diesem Moment nicht zu sagen gewusst, was stärker war: das Glück, das ein Entdecker empfinden mag, wenn er seinen Fuß auf noch unerforschtes Gebiet setzt, oder die Scham, die einem die Röte ins Gesicht treibt, weil man begreift, wie unendlich ungenügend die eigenen Versuche sind, sich der Erfüllung eines Anspruchs auch nur zu nähern. War ich tatsächlich so schlecht? Oder war Walter Rummel so gut? Würde ich eines Tages spielen können wie er? Würde es, um das zu erreichen, genügen, dass ich fleißig war? Und wenn das nicht genügte, hatte es dann überhaupt noch einen Sinn, weiterzuspielen? Und Holtinger. Hätte er mir nicht – wie schonend auch immer – klarmachen müssen, dass meine Interpretation des Stückes unzureichend war, dass ich es dem Buchstaben nach zwar beherrschte, von seinem Geist aber nichts erfasst hatte?

Mein Vater bemerkte mein Unglück nicht, als er abends aus dem Büro kam. „Na", sagte er, als er mich sah, noch immer oder schon wieder vor der

Musiktruhe hockend, nahm mir die Plattenhülle aus der Hand, wendete sie ein paarmal hin und her und gab sie mir zurück: „Großartiger Künstler."

In der Erinnerung machen sich jede Geste und jedes Wort meines Vaters verdächtig. Woher wollte er wissen, dass Rummel „großartig" war? Ich hatte ihn nie aufmerksam Musik hören gesehen, nie erlebt, dass ihn überhaupt irgendetwas Künstlerisches tiefer berührte, ich war und bin der Meinung, dass mein Vater völlig amusisch war. Muss ich dann nicht annehmen, dass er sich ein fremdes Urteil zu eigen machte? Selbst wenn, was wäre daran so schlimm? Es ist auch gut möglich, dass der Name einfach einen vertrauten Klang für ihn hatte, und vielleicht waren seine Worte nichts weiter als Wichtigtuerei.

In jenem Moment allerdings nahm ich sie ernst und hätte sogar etwas wie Dankbarkeit empfinden können, nicht ich war ein Stümper, sondern dieser Pianist großartig. Leider hatte ein Nachmittag, den ich mit meiner Schallplatte verbracht hatte, genügt, die Kraft in mir aufzuzehren, die es gebraucht hätte, um die floskelhaften Worte meines Vaters zu meinen Gunsten auszulegen. Ich sah nur noch meine Unfähigkeit, und das schuf in mir eine merkwürdige Leere. Es war nicht die Leere des weiten Raumes in mir, der einem Zimmer geglichen hatte, das, reinlich gefegt und geputzt, auf den ersehnten Gast wartet, nein, dies hier war anders: Was nach einem Nachmittag mit dieser herrlichen Musik von mir übriggeblieben war, versuchte mühsam die Fassade zu wahren (welches Glück, dass es bald Zeit war, schlafen zu gehen!), während ich von den Kräften, die man in seinem Innern mobilisiert und nach vorne schickt, dorthin, wo der Kampf mit der Außenwelt stattfindet, nichts mehr spürte, man könnte kurzgefasst sagen, ich hatte den Kontakt zu mir selbst verloren.

Meine Eltern waren der Auffassung, dass es sich für ein Kind nicht gehört, bei Tisch zu reden, es sei denn, es wird gefragt. Es fiel deshalb nicht auf, dass ich beim Abendbrot kein Wort sagte. Auch meine Eltern sagten nicht viel. Gedankenverloren strichen sie sich Brote, aßen, tranken, und es war nichts weiter zu hören als das Geklapper der Messer und Tassen. Bis meine Mutter in die schon fast betonte Stille hinein sagte: „Unser Sohn (dabei warf sie einen halb spöttischen, halb stolzen Blick auf mich) hat den ganzen Nachmittag nichts anderes gemacht als Musik zu hören." Mein Vater lachte, und es klang, als ob er sich geschmeichelt fühle. „Ja, nicht wahr? Rummel und Beethoven. Zwei Genies reichen sich die Hände." In mir regte sich kein Protest. Im Gegenteil, ich war blind bereit, dieses – wie ich heute denke: absurde – Urteil zu übernehmen. Hatte ich nicht zumindest einen Moment lang den Gedanken, dass es mich retten könne? Falls ja, dann hatte dieser Gedanke keine Chance, in mir Platz zu greifen. Im Gegenteil. In der maßlosen Selbstüberschätzung des 10-Jährigen hatte ich – sehr viel später erst wurde mir das klar – geglaubt, mein eigenes Tun, mein Spielen, mein Kampf um die Neuheit des neuen Zimmers seien, wo nicht selbst genial, so doch Ausdruck von etwas Genialem, das vielleicht noch nicht zur vollen Entfaltung gelangt, aber in potentia bereits vorhanden war und darauf wartete, dass ich den Schlüssel fand, um es zu entriegeln. Und nun hatte ein anderer den Platz besetzt. Ich empfand wie ein Kind, das instinktiv früh begreift, dass seine älteren Geschwister die wichtigsten Rollen bereits übernommen haben (der Rebell; Mamas liebstes Töchterlein; die Schlaue; die Gutmütige) und dem deshalb nichts übrigbleibt, als den Clown zu spielen. Das war natürlich absurd. Es unterstellte, dass auf einem bestimmten Gebiet – eben dem des Klavierspielens – nur *ein* Mensch genial sein konnte, etwa so, wie nur einer der Erste sein konnte.

Wegen der Ferien hatte ich jetzt noch mehr Zeit zum Klavierspielen und begab mich manchmal schon früh morgens, kaum aus dem Bett gekrochen, in das neue Zimmer. Es hatte einen besonderen Reiz, im Schlafanzug auf dem gepolsterten Drehhocker zu sitzen und die Finger in den verblassenden Traum der Nacht hinein ihre Arbeit tun zu lassen; es war, als würden sie sich mit ihrem noch etwas ungelenken Spiel in den Tag vortasten, wobei jeder einzelne Ton nur soviel Aufmerksamkeit für sich beanspruchen durfte, wie ihm im Zusammenhang des Stückes zukam – Aufmerksamkeit, die das Viertel einer Taktzeit oder eine halbe Taktzeit währt -, und ich habe in meinem Leben die Erfahrung gemacht, dass das therapeutische Wirkung hat. „Es kommt im Leben darauf an, rechtzeitig vom Stuhl aufzustehen", habe ich einmal gelesen, und es macht nicht zuletzt den Wert eines Musikstücks aus, dass es dem Augenblick das ihm gebührende Maß zuweist, dass es Zeit gliedert und uns das befriedigende Gefühl gibt, Sinn sei möglich.

Manchmal, wenn ich jetzt die Finger von den Tasten hob, beschlich mich ein Gefühl eben der Leere, die ich nach dem ersten Hören der Aufnahme von Rummel empfunden hatte. Es wurde zu einem Problem, dass ich, um sie zurückzudrängen, das eben beendete Stück noch einmal spielen oder zu einem anderen Blatt aus dem Stapel von Noten greifen musste, der sich auf meinem Klavier türmte. Heute weiß ich, dass nur der Tag ein gelungener Tag werden kann, der in ähnlicher Weise wie ein Musikstück dem Augenblick das ihm gebührende Maß zuweist, also der jeweiligen Tätigkeit oder Beschäftigung eine Spanne Zeit zugesteht, die sich nach dem Stellenwert bemisst, den die Beschäftigung im Ganzen unseres Lebens hat. Mit anderen Worten: Es wäre darauf angekommen, rechtzeitig vom *Klavierhocker* aufzustehen. Dazu aber hätte der Tag eine Struktur gebraucht, und genau die fehlte ihm, seit die Ferien begonnen hatten.

Ich war in der Nachbarschaft der einzige, der im Herbst das Gymnasium besuchen würde, die meisten der – nicht sehr engen – Freunde gingen weiterhin zur Volksschule, und das hatte mich in den letzten Monaten immer mehr vereinsamen lassen. Niemand Bestimmtes war daran schuld. Keine Intrige wurde gegen mich gesponnen, ich wurde – um es in heutigem Deutsch auszudrücken – nicht gemobbt, machte mir niemanden zum Feind. Ich gehörte nur einfach nicht mehr dazu. Ich hatte – um die Wahrheit zu sagen – nie wirklich dazugehört, und mein Wechsel auf die höhere Schule bestätigte das nur. Ein Mädchen – Petra, die Tochter von Bauer Dienemann – war meine bevorzugte Spielkameradin gewesen, und wenn wir nicht gerade die Wiesen und Wälder der Umgebung erkundeten, spielten wir mit Puppen. Ich liebte es, jeder Puppe eine Geschichte anzudichten, und ich liebte es, die Puppen mit ihren je eigenen Geschichten in Beziehung zueinander zu setzen. Hingegen interessierten mich weder Fußball noch Autos, und in Sport war ich eine Niete. Keine guten Voraussetzungen also, um robuste Freundschaften zu schmieden, die die bevorstehende Veränderung in meinen Lebensverhältnissen ausgehalten hätten.

Ich hatte genug Phantasie, um mir vorzustellen, wie es sein würde, mit Petra zu unserer alten Beschäftigung, dem Puppenspiel, zurückzukehren oder mich womöglich der Clique von Jungs anzubiedern, mit der ich gelegentlich über Wiesen und Felder gestreift war und Stunden am Ufer des Baches verbracht hatte, der durch unser Dorf floss. Wir hatten dort die Dinge getan, die Jungs eben so tun – oder damals taten, als in den Kinderzimmern noch keine Computer standen –: Steine in die Bachstrudel werfen, auf Bäume klettern, Pfeile schnitzen.

Davon abgesehen, dass es mir unmöglich war, den Riss von Fremdheit, der immer schon zwischen mir und den anderen dagewesen und inzwischen größer geworden war, plump zu überbrücken, glaubte ich auch nicht, dass es mir gelingen könnte, die Leere – die nicht nur mich beschlich, sondern sich wie eine unsichtbare Welle über die Möbel und Teppiche ergoss und allem, was sich im Zimmer befand, die Farbe nahm – zurückzudrängen, indem ich die Tür des neuen Zimmers hinter mir zuzog, dem Klavier, dem mit Klang gefüllten Raum den Rücken kehrte und den Tag mit den Belanglosigkeiten vergeudete, die für Kinder meines Alters typisch waren. Da die Musik alles für mich war, konnte die sich von Tag zu Tag herrschsüchtiger aufplusternde Leere nur bedeuten, dass ich in die Musik selbst noch nicht tief genug eingedrungen war.

Tatsächlich ließ die gewollte Einfachheit eines Stückes wie *Für Elise* einen Blick auf tiefere Schichten zu, und vielleicht war es dieser Blick, in dem ein Pianist wie Rummel sich besonders geübt hatte. Diese vier Seiten Musik waren voller Leerstellen. Wieviel Genie hatte es gebraucht, um die Noten, die nicht auf dem Papier standen, die ein so musikalisch komplex empfindender Mensch wie Beethoven aber ständig mitgedacht haben musste, tatsächlich ungeschrieben zu lassen. Wo sie gestanden hätten, lockte die Weiße des Papiers den Betrachter zwischen die Zeilen, und befand er sich einmal dort, wurde seine Vorstellungskraft herausgefordert, das Stück zusammen mit dem Komponisten noch einmal zu schreiben, um so zu begreifen, wie es gemeint war, sich in die innere Bewegung, mit der es geschrieben worden war, hineinzubegeben, durch das Weiße des Papiers hindurch also in den unsichtbaren Raum hinter den Noten zu gelangen und von dort zurückzukehren, diesmal, auf dem Rückweg, aber den Weg durch die Noten zu nehmen, eine Bewegung also von innen nach außen zu machen (und nicht, wie es in unserer Betrachtung meistens der Fall ist, umgekehrt), eine Bewegung von innen durch die Partitur nach außen - sie von innen heraus zu verstehen, statt von außen verstehen zu *wollen*, unter Hinzunahme *unserer* Kenntnisse von Klavierinterpretation, unter Hinzunahme all dessen, was ich bei Holtinger über den Aufbau von Werken klassischer Klaviermusik gelernt hatte. Er musste jetzt schweigen, mein Lehrer, ich musste seine immer klagende Stimme zum Verstummen bringen, damit sie sich nicht zwischen mich und die Musik schob, die in meinem Kopf erklang, wenn ich *Für Elise* noch einmal schrieb, damit das Bild dieses Gesichts mit den faltigen, hängenden Wangen mir nicht den Blick auf das Notenblatt vor mir verstellte, Blick von außen durch das Weiße nach innen und von innen durch die Noten hindurch nach außen.

Ich hatte aufgehört zu spielen. Die Töne, die meine Finger durch das Drücken der Tasten hervorriefen, kamen mir vulgär vor, ungenügend, ich fürchtete, die Neuheit des neuen Zimmers mit meinem Geklimper zu verletzen, welche Berührung der Möbel, der Teppiche und Bilder, des Parketts konnte grober sein als die durch meine stümperhafte Interpretation einer Musik, die ich offensichtlich nicht begriffen hatte. Fast kam mir gewalttätiges Eindringen wie das der Möbelpacker an jenem Tag, als mein Klavier seine neue Heimat fand, harmlos dagegen vor. Selbst ein Abirren vom Pfad zwischen Tür und Klavier hätte ich mir eher verzeihen können als weiterhin die Neuheit des Zimmers mit dem Missklang meines Unvermögens zu besudeln. Ich ertrug das nicht.

Ich summte nur noch.

Ich saß auf dem Hocker, die geöffnete Partitur vor mir, und summte das herrlich, das unbegreiflich einfache Thema dieses Stücks, wieder und wieder, und dabei kam mir das Genie Beethovens entgegen, der die Phrase der linken Hand so gestaltete, dass ich statt der ersten der drei Sechzehntel die Achtel der rechten Hand summen und doch die Sechzehntel der linken Hand mithören konnte – einfach weil ihr die beiden nächsten Sechzehntel, die die Phrase komplett machten, auf so einleuchtende Weise folgten, wie sie sich nur ein genialer Musiker hatte ausdenken können.

„Ist alles in Ordnung, Junge?" hörte ich meine Mutter manchmal von draußen rufen. Beim ersten Mal hatte mich das in Panik versetzt, weil ich fürchtete, sie könne auf die Idee kommen, die Tür zu öffnen und einmal nachzusehen, was ich so trieb. Aber nachdem ich begriffen hatte, dass ich nur zurückrufen musste „Alles in Ordnung!", um wieder Stille einkehren zu lassen, hatte ich mich beruhigt und war nun immer rasch wieder in der Lage, ganz in der Bewegung der Musik unterzutauchen und die Welt um mich herum zu vergessen.

Probleme gab es, als die Ferien allmählich ihrem Ende zugingen und die Wiederaufnahme des Unterrichts bei Holtinger näherrückte. Ich konnte ja schlecht zu meinem Klavierlehrer sagen, dass ich glaubte, mir Beethovens Musik – nein, das war falsch: mir jedwede Musik nur noch summend erschließen zu können. Selbst mir in meinem sich immer hermetischer um mich schließenden Wahn war klar, welche weitreichenden Folgen das haben würde, ich machte Holtinger damit arbeitslos – und zudem in einem nicht wünschenswerten Maße meine Eltern auf mich aufmerksam. Kaum auszumalen, wie sie reagieren würden! Andererseits versetzte mich, je näher die Stunde rückte, die Vorstellung, einfach weiterzumachen wie bisher, in desto größere Unruhe, die sich nach und nach zur Panik steigerte. Ich ging so weit, innerlich das Band zwischen mir und meinem Lehrer zu zerschneiden, Holtinger, in dessen Gesicht die Nachmittagssonne aufgegangen war, als er zum ersten Mal das neue Zimmer betrat, wurde für mich zum Eindringling, gegen den ich mich zur Wehr zu setzen hatte, ich wusste nur noch nicht, wie. Auf irgendeine Weise würde ich an meiner inneren Mauer bauen müssen, jenem Schutzwall, der den mir so kostbaren Raum umschloss, in dem ich mich eins mit dem Raum um mich herum fühlen durfte. Holtinger hatte – gleichsam durch eine unsichtbare Tür – als einziger Zutritt zu diesem Raum gehabt, den verweigerte ich ihm jetzt.

Da er sich wie immer verhielt, nahm ich an, dass meine Mutter, als sie ihm die Tür öffnete, nichts davon angedeutet hatte, dass ich mich hinter der geschlossenen Tür des neuen Zimmers seit ein paar

Tagen merkwürdig benahm. In letzter Zeit hatte sich Holtinger angewöhnt, mit Humor auf meine Überspanntheiten einzugehen. „Aus dir wird nochmal ein echter Zwangsneurotiker", sagte er etwa, wenn ich darauf bestand, dass er keinen Zentimeter vom Pfad, den unzählige Schritte in das Parkett geschliffen hatten, abwich. Jedes Mal, wenn er an der Schwelle zum neuen Zimmer stand, ließ er den Blick über das abgewetzte Parkett wandern, als bilde der die Vorhut, die erst einmal ausspionieren musste, ob ich mir nicht inzwischen weitere Tollheiten hatte einfallen lassen. „Der Pfad der Tugend", sagte er dann, aber er sagte es in einem Ton, der schlecht verhehlte, dass etwas daran ihm noch immer unheimlich war, und entsprechend scheu – als müsse er auf rohen Eiern gehen – setzte er seinen Fuß in die in das Holz getretene Vertiefung.

Bislang hatte ich mir nichts aus solchen Sarkasmen gemacht.

Jetzt plötzlich – und das war mehr verzweifelte Gegenwehr als Strategie – trug ich ihm seine Ironie, die – manchmal sogar lächelnd – zur Schau getragene hemdsärmelige Tapferkeit, mit der er meinen „launischen Einfällen" (Holtinger) begegnete, nach; stockend nur fand ich mich dazu bereit, das gewünschte Notenblatt herauszusuchen und auf die Ablage zu legen, und noch stockender spielte ich die ersten Takte, während mein Lehrer, halb die Aufmerksamkeit dem Notizbuch in seinen Händen, halb mir zugewandt, blätterte.

„Was ist los?" sagte er, die Verwunderung in seiner Stimme war echt, nichts verriet, dass er meinen beginnenden Widerstand auch nur erahnte. „Was hast du?"

Ich hatte aufgehört zu spielen, hatte meine Hände von den Tasten gezogen und sie in den Schoß gelegt. Stattdessen summte ich die punktierte Halbe. Aber Chopin war nicht Beethoven, es war mir nicht möglich, die Töne, die ich nicht summte, mitschwingen zu hören, und selbst ich musste einsehen, dass Chopin gespielt sein wollte, die Übersetzung in den Summton ließ von seiner Musik nichts übrig.

„Senza Pedal", steht da, sagte Holtinger, und ich hörte den Sarkasmus in seiner Stimme erwachen, „nicht senza suonare."

Ich erwiderte darauf nichts, drehte nicht einmal den Kopf zu ihm hin, sondern starrte auf das Blatt mit den Noten, die – wie zum Hohn auf meine „seltsamen Einfälle" (Holtinger), meine „Überspanntheiten" (Holtinger), meine „Grillen" (Holtinger) – im Walzertakt zu tanzen anfingen.

„Du solltest", hörte ich Holtinger sagen, „mit dir selbst nicht so streng sein." Dabei wusste er ja gar nichts von meinem Erlebnis mit dem Pianisten Walter Rummel. Jetzt wandte ich mich ihm zu, ich weiß es genau, Furcht war in mir und die Hoffnung und die Sehnsucht, er möge das eine, das erlösende Wort sagen, das mich aus dem Gefängnis befreite, das ich mir in den letzten Wochen – und vielleicht, ohne dass ich es merkte, in den letzten Monaten – gebaut hatte.

Was wollte mein Lehrer mir sagen? Begriff er, wie günstig der Moment war, mir etwas über die Kunst und das Leben zu verraten und dass ich, was ich jetzt erfuhr, vermutlich für immer im Gedächtnis bewahren, ja es womöglich zu einer Maxime meines Lebens machen würde?

Ich hatte völlig vergessen, dass ich mich hatte schützen wollen. Das Tor zu jenem geschlossenen Raum hinter dem Wall stand sperrangelweit offen. Für Momente gab ich sogar meine Rolle als Hüter des Zimmers, als Bewahrer seiner Neuheit auf, es war, als ob sich ein Krampf löse, ich tat es nicht, aber ich stellte mir zumindest vor, wie es sein müsse, zu weinen, aber im Gefolge der Erleichterung spürte ich auch die Erschöpfung schon herankommen, und ich wusste plötzlich, dass ich für eine Weile nicht würde spielen können. Und dann sagte Holtinger den Satz: „Ich verstehe das, dieses Bedürfnis nach Reinheit." Er sagte es mehr wie zu sich selbst, und vielleicht war das der Grund, warum das Wort in mir keinen Widerhall fand. „Aber es ist ein Terminus ex negativo", murmelte er noch vor sich hin, ich habe die Worte im Gedächtnis bewahrt, vielleicht, weil sie mir so unverständlich waren, vielleicht auch, weil nie jemand in meiner Umgebung so gesprochen hatte, nicht einmal Großvater, dem ich das noch am ehesten zugetraut hätte (ein Irrtum, er hatte zwar die Lehre seines Glaubens durchdrungen wie kaum einer, war aber kein gebildeter Mensch in heutigem Verständnis, trotz des einen oder anderen Buches in seinem Regal, das einen etwas anderes glauben machen konnte). „Reinheit als die Abwesenheit von Schmutz", murmelte Holtinger, aber ich hörte schon nicht mehr zu (weshalb ich mich nicht dafür verbürgen will, dass das wirklich seine Worte waren), ich war vom Hocker gerutscht und nicht unsanft auf dem Parkett gelandet, wo sich mir das erstaunliche Gespinst der Maserung – Eiche rustikal – erschloss, bevor mir die Augen zufielen und ich eine weite Reise in das Innere der Erschöpfung antrat.

Ich wurde ernsthaft krank. Das erste Jahr auf dem Gymnasium musste ohne mich beginnen.

Markierte das neue Zimmer im Erdgeschoss den am weitesten von der Haustür entfernt liegenden Punkt, so lag das Zimmer – mein Zimmer -, in dem ich die nächsten drei Wochen verbrachte, in noch einmal ganz anderer Weise abseits. War mein Blick, wenn ich mich auf dem Klavierhocker umdrehte, durch die großen Fenster auf den vorderen Abschnitt der Garageneinfahrt gefallen, das schmiedeeiserne Tor, die davor gelegene Straße und die Gärten und Fassaden der Häuser gegenüber, so fiel er hier, im 1. Stock, wenn ich mich dazu aufraffen konnte, mich auf die Bettkante zu setzen, auf den Wipfel einer riesigen Blautanne, die im Garten des Nachbarn stand, ein Anblick, der mir sehr abstrakt vorkam, vielleicht weil ein ermüdend blauer Himmel den immergleichen Hintergrund dazu abgab. So war es: Nachdem ihn zunächst noch ein paar zierliche Wolken gemustert hatten, blieb er in dem herrlichen Nachsommer jenes Jahres, was er gestern gewesen war und der Wahrscheinlichkeit nach morgen sein würde, und ich ertrug seinen Anblick immer schlechter.

Nur ein paar Quadratmeter groß, wirkte mein Zimmer wie eine Abstellkammer. So als hätten sich der Ballast und das Gerümpel des täglichen Lebens hier angesammelt, weil sie dort, im neuen Zimmer, nicht erwünscht waren. Der Schulranzen stand achtlos an das sich nach unten verjüngende Holzbein des Schreibtischs gelehnt, auf dem ein Stapel Schulhefte lag. Über die quadratischen Platten des Teppichbodens war eine von meiner Mutter geknüpfte Brücke gebreitet. Gegenüber des Fensters, neben der Tür, standen um einen kleinen Tisch mit drei abgerundeten Ecken zwei bunte Sessel. Und gegenüber meines Bettes beherbergte eine alte Kommode mit abblätterndem Lack meine Wäsche. Auf meinem Nachtschränkchen lagen fiebersenkende Medikamente, ein Thermometer und ein paar Bücher, aber die rührte ich nicht an – nicht einmal die zweibändige Beethoven-Biographie von Karl Schönewolf, die Onkel Gustav, ein Bruder meines Vaters, der in der „Ostzone" lebte, mir zum letzten Geburtstag geschickt hatte.

Ich verdöste den größten Teil des Tages. Ich saß mit Opa auf der Terrasse, Gläser mit Milch auf dem Tisch. Ein muskulöser, behaarter Unterarm wischte energisch den blauen Himmel weg, und es regnete in die Gläser, und die Tropfen wurden zu Tränen, die über Holtingers Gesicht rannen.

Opa kam jeden Tag auf eine Viertelstunde vorbei, setzte sich auf den Stuhl neben dem Bett und erzählte irgendwelche Geschichten, vom Feldmarschall von Reichenau, der mit seinem Tross kam, um das Haus seiner Vorfahren zu besichtigen, vom Rundfunkempfänger, einem der wenigen im Dorf, er hatte ihn im ersten Stock – dort, wo später meine Eltern ihre erste gemeinsame Wohnung hatten und ich geboren wurde und die ersten Lebensjahre verbrachte – in das Fenster gestellt, damit alle im Umkreis die neuesten Kriegsnachrichten hören konnten, und von den Lebensmittelmarken, für deren Verwaltung und Zuteilung die Amerikaner ihn bestimmt hatten, den frühpensionierten Beamten. Zu ihm in die Küche kamen sie alle, von überall aus dem Dorf, um sich ihre Marken abzuholen. Er erzählte das alles, um mich zu zerstreuen und nicht etwa, um damit zu prahlen. Na ja, vielleicht ein bisschen auch, *um* damit zu prahlen, aber wenn, dann geschah das mit einer solchen Naivität, dass ich herzlich darüber hätte lachen müssen, wäre ich nur dazu imstande gewesen.

Tatsächlich erfasste ich aber bei weitem nicht jedes Wort. Opas Stimme begleitete mich in den Schlummer und holte mich wieder daraus hervor, und sie war das Freundlichste, das sich jemand in meiner Lage nur wünschen konnte, aber es war vor allem ihr Klang, der mir wohltat.

Ein paarmal am Tag brachte mir meine Mutter etwas zu essen, aber ich hatte keinen Appetit. Obwohl sie mich ermahnte, obwohl sie bat und bettelte, rührte ich kaum etwas an. Sie musste den Teller mit den Schnittchen, den Vanillepudding und den kleingeschnittenen Pfannkuchen wieder mitnehmen und geriet zusehendst in Verzweiflung.

Mir erging es mit dem Essen wie mit den Büchern. Der Klang hatte sich aus dem Raum in meinem Innern verflüchtigt, ich fühlte mich nicht mehr eins mit dem neuen Zimmer, Müdigkeit und Schwere beherrschten mich, nichts anderes strömte durch mich hindurch als der Fluß der Bilder, und ich hielt nichts fest. Die Leere, die der Klang in mir zurückgelassen hatte, mit Buchstaben, mit Wörtern zu füllen, wäre mir wie ein Verrat vorgekommen. In ein bewohntes Haus konnte die Musik nicht zurückkehren, also nahm ich nichts zu mir, nichts durfte ihr den Platz streitig machen.

Mein Vater kam zwei-, vielleicht dreimal zu mir herein, und einmal setzte er sich, nachdem er eine Weile gezögert hatte, auf den Stuhl neben dem Bett, sagte aber nichts, vermutlich, weil er annahm, dass ich schlief, und mich nicht stören wollte.

Ich schlief aber nicht. Ich hatte sehr wohl bemerkt, wie er, zwischen Stuhl und Tür von zwei gleich starken, aber gegensätzlichen Kräften festgehalten worden war, und ich hatte das Gefühl, mir etwas darauf einbilden zu dürfen, dass schließlich die Sorge um mich die größere Anziehungskraft besaß. Ich spürte aber, dass er sich nicht mit seinem ganzen Gewicht auf den Stuhl hatte sinken lassen, dass er – als ob er bereit sein wollte, jederzeit aufzuspringen – die Muskeln anspannte, und ich wurde den quälenden Eindruck nicht los, dass er nicht ganz da war, nicht den Augenblick mit mir teilte, sondern über den Rand dieses Augenblicks hinweg auf die nächsten Stunden sah, die er mit meiner Mutter unten, in der Küche oder im Wohnzimmer, verbringen würde. War mein Vater feige? Ausgerechnet er? Der, wenn er nur ein Zimmer betrat, die Atmosphäre mit dem Anspruch seiner Autorität auflud? Er nahm mir, fürchte ich, meine Erschöpfung übel. War ich viele Kilometer durch Schlamm gestapft, niedergedrückt vom Gewicht des Tornisters, der Munition, des Karabiners, in jedem Augenblick darauf gefasst, von einer Granate zerrissen zu werden? Hatte ich die Nächte durchwacht, die klammen Fetzen einer verdreckten Uniform auf der verlausten Haut, immer in Erwartung eines feindlichen Feuerüberfalls? Ich hatte zuviel Klavier gespielt, sonst nichts. Gab mir das das Recht, hier tagelang auf der faulen Haut zu liegen?

So wird er vielleicht gedacht haben. Ich habe es nie herausfinden können. Aber ich spürte deutlich, dass er von Tag zu Tag ungeduldiger wurde, und ich spürte das, obwohl er sich an den meisten Tagen gar nicht blicken ließ. Vielleicht, dass meine Mutter sich flüsternd mit meinem Großvater darüber unterhielt, vielleicht dass die Ungeduld meines Vaters sich als Verzweiflung im Gesicht meiner Mutter spiegelte, jedenfalls empfand auch ich meinen Zustand von Tag zu Tag mehr als etwas, das von der Norm abwich, und alles, was von der Norm abwich, war einem besonderen Rechtfertigungsdruck ausgesetzt. Später habe ich oft daran denken müssen, mit welcher Genugtuung mein Vater zum Telefonhörer griff, als der Klavierträger sich verletzt hatte, Genugtuung darüber, dass es ein Problem gab, für das er die Lösung bereits kannte. Krankheit, Verletzungen, irgendwelche Beeinträchtigungen der Funktionstüchtigkeit waren für meinen Vater soetwas wie abweichendes Verhalten, und mein Vater hasste abweichendes Verhalten. Er vermutete wahlweise Hochmut, Anmaßung, Dekadenz oder Schwäche dahinter, und jemand, der abwich, tat das immer auf Kosten der anderen, weshalb mein Vater sich nicht scheute, sogar von Sünde zu sprechen – nur dass es in seinem Weltbild den vergebenden Gott nicht gab.

Ich wurde wieder gesund. Und vielleicht hätte ich wieder angefangen, Klavier zu spielen, aber es kam anders: Die erste Stunde, die ich nach meiner Erkrankung bei Holtinger nahm, würde zugleich meine letzte sein. Ich hatte begriffen, dass hier etwas zuende ging, noch bevor mein Lehrer es mir mitteilte, aber die Erklärung dazu wollte mir nicht einleuchten. Was sollte das heißen, meine Eltern waren der Meinung, er passe nicht zu mir? Und dass sie mit ihm als Mensch nicht einverstanden waren (wenn sie auch durchaus einräumten, dass er sich auf sein Fach, auf den Unterricht und das Klavierspiel verstehe)? „Sie heißen meinen Lebenswandel nicht gut." Holtinger hatte sich von mir abgewandt, als er die Worte aussprach, die tatsächlich wie ein Zitat klangen, ein Eindruck, der sich noch durch die bittere Ironie verstärkte, mit der er das Wort „Lebenswandel" betonte. Aber wer konnte so etwas gesagt haben? Meine Mutter nicht. Ich war noch sehr jung und in der Beobachtung dessen, was sich zwischen Menschen abspielt, ungeübt, aber mir war klar, dass sie Holtinger verehrte. Mein Vater? Natürlich, die Wände des Hauses, die Möbel und Teppiche waren vollgesogen mit seinem Argwohn, es war, als ob die Luft von seinem Misstrauen verpestet sei. Trotzdem wollte sich vor meinem inneren Auge kein Bild einstellen, das zu dieser Vermutung gepasst hätte. Die beiden Männer im Flur unseres Hauses einander gegenüber, und dann fällt dieser Satz? Oder hatten sie in den schwarzen Ledersesseln gesessen, mit Blick auf die Terrasse, während meine Mutter, die sich nicht am Gespräch beteiligte, mit leerem Blick vor sich hin starrte?

Holtinger klärte mich nicht darüber auf, was denn an seinem Lebenswandel so Besonderes war, und ich fragte nicht nach. Ohne dass ich darüber nachdenken musste, war mir klar, dass es mir nicht zustand, meinen Lehrer auszuhorchen. Meine Eltern mussten somit etwas wissen, was ich nicht wusste. Damals, auf dem Klavierhocker, an jenem Donnerstagnachmittag, der in das Licht eines Spätsommertages getaucht war, fasste ich, ohne mir dessen bewusst zu sein, einen Entschluss: In Gegenwart meines geliebten Lehrers, den ich an diesem Tag zum letzten Mal sehen sollte, beschloss ich, meinem Urteil zu vertrauen, ganz egal, welche Gerüchte über einen Menschen in Umlauf sein mochten. Und selbst wenn diese Gerüchte zutrafen: Es war mir gleichgültig. Holtingers trauriger Blick, sein Gesicht mit den faltigen, hängenden

Wangen, das dünne, angegraute Haar auf seinem Kopf, die gebeugte Haltung und der Ton, in dem er zu mir sprach, verrieten mir alles, was ich über diesen Menschen wissen musste und wollte. Ich verbot mir die Neugier (auch wenn ich in diesem Augenblick, mit meinen 10 Jahren, nicht imstande gewesen wäre, das so zu formulieren), ich ließ es nicht zu, dass Spekulationen über Holtingers Vergangenheit oder Zukunft mein Urteil bestimmten. Er sollte nicht zu mir passen? Hätte uns jemand sehen können, wie wir, still geworden, nebeneinander vor dem stummen Klavier saßen und blinzelnde Blicke auf den Lichtfleck warfen, der auf dem Notenblatt tanzte, er hätte sich über diese Behauptung vor Lachen ausschütten müssen.

Ich spielte an diesem Tag nichts mehr vor.

Als die Stunde zuende war, stand Holtinger auf, strich sich, als wollte er sich von Staub befreien, über den Rollkragenpullover und die Hosenbeine und warf mir einen um Entschuldigung bittenden Blick zu. Genaugenommen war es sein Lächeln, das um Entschuldigung zu bitten schien, aber in diesem Moment konnte ich darüber nicht nachdenken, und ich verlor auch kein Wort über Walter Rummel, über die Virtuosität, mit der er *Für Elise* spielte und darüber, wie sehr mich das ernüchtert hatte, ja, auf stille Weise hatte verzweifeln lassen – zu rasch folgten die Eindrücke aufeinander. Holtinger betrat die Gehrinne, die sich seit Beginn des Unterrichts im Parkett gebildet hatte und zeigte mir überdeutlich, was er von meiner Grille hielt, indem er die Genauigkeit seiner Schritte karikierte. Er schien mit ausgestreckten Armen um sein Gleichgewicht zu kämpfen, wie ein Seiltänzer. Tatsächlich, er tanzte. Und ich, der ich noch am Klavier stand, sah von der Seite das Lächeln in seinem Gesicht. Ich begriff, dass Holtinger mich mit Tanz und Lächeln dazu auffordern wollte, mich mit ihm über alle Überspanntheiten der Welt lustig zu machen, diese Fähigkeit zur Selbstdistanz traute er mir zu, mir, dem 10-Jährigen, und ich ergriff die Chance und lachte, und mein Lachen verbrüderte sich mit seinem Lächeln.

Dank an Hartmut Weidt für die kritische Durchsicht des Manuskripts und an Ulrike für ihren dramaturgischen Blick.